GOBOOKS & SITAK GROUP ©

U0551933

漫時光

成何體統

·下卷·

七英俊 著

高寶書版集團

目錄

第十九章　無解

林玄英坐在馬上瞥了日頭一眼，抬起一隻手，「停。」

跟在他後頭的黑衣人訓練有素，紛紛勒馬，龐大的隊伍驟然急停，除去草木簌簌，竟未發出一絲多餘的聲響。

林玄英手搭涼棚朝前望去，四下林木漸疏，山勢低平下去，再往前就要進入村鎮了。

身後一人越眾而出，朝他道：「副將軍。」

林玄英跳下馬，隨手將馬拴在樹上，「原地駐紮吧，等夜間再分批行進。」

「是。」

在他們身後，浩浩蕩蕩的黑色軍隊一眼望不見盡頭，沉默地隱入森林中。

林玄英問：「照這個速度，多久能到都城？」

手下道：「若無阻擋，十五日可至。」說著欲言又止地看了他一眼。

林玄英出發得挺早。

甚至在端王的手信寄來之前，他就已經找上了尤將軍，「端王要反，單憑他那點私兵不夠，必然會從三軍借人，合圍都城。按理說中軍與他蜜裡調油，但眼下燕國在內亂，中軍要為邊防留人，無法全部出動。所以他很快就會找上右軍。」

尤將軍臉上的肥肉都在打顫，「我們南境也不太平啊！」

羌國女王原本正與燕王打得火熱，都已經要聯姻了。如今圖爾氣勢洶洶一朝殺回，殺得燕王丟盔棄甲，節節敗退，竟逃進了羌國境內。

羌國本就是菟絲子一般依附於燕國的弱小國家，這回遭了池魚之殃。兵荒馬亂中，大量難民無路可逃，朝大夏擁來。

這群羌人本身沒什麼武力，要起陰招來卻一個賽一個地狠。偷點錢糧只能算入門的，甚至有人先是裝作行乞，進入好心的農戶家中，冷不防在井水中下毒，屠了全村老幼，再挨家挨戶搜刮細軟，揚長而去。

尤將軍這草包在南境過慣了舒坦日子，何曾遇過這等陣仗？正焦頭爛額地搜捕難民，一聽林玄英的話，只覺眼前發黑，「那咱們要是出不了人……端王會不會發怒啊？」

聽這楚楚可憐的問法，不知道的還以為端王的人正飛在天上，拿弓箭指著他腦袋呢。

林玄英自然聽得出，他真正問的是：「端王會不會收回許給我的好處啊？」

林玄英一哂：「你守著這頭，我帶點人出去。」

尤將軍駭然：「玄英你不能走！你怎麼能在這時撂挑子？」

「……那我留下，你去幹禁軍？」

尤將軍不吭氣了。

所有人都知道，連他自己也知道，右軍實際上是靠誰在撐著。

林玄英站在他面前，足足比他高出一個頭，皮笑肉不笑地行了個禮，「將軍放心吧，我不會帶走很多人。」

他帶的人手的確不多，卻盡是精銳。

林玄英接過水壺喝了一口，「另外兩軍出了多少人，探到了嗎？」

「中軍約莫五萬人。」

「諕，五萬……洛將軍這是豁出去，誓要與端王同生共死了。」

「左軍行蹤更隱蔽，但派出的人數應當在我們之上。」

林玄英頓了頓，語氣平板道：「都城的禁軍加起來也才堪堪過萬。」

即使周圍的州府馳援，論其兵力，在身經百戰的邊軍面前也不堪一擊。除非皇帝藏了什麼天降奇兵，否則一旦三軍形成合圍，他在都城裡插翅難飛。

只不過對參戰的將士們而言，這註定會是一場恥辱的勝利。從此之後千代萬代，他們將永遠背負叛軍之名。

前來彙報的手下年紀很輕，幾乎還是個少年。林玄英在餘光裡看見他忍了又忍，還是開了口：「副將軍……屬下從軍時，原以為縱使埋骨，也該是在沙場。」

林玄英目不斜視，扣上了水壺，「找個地兒歇息吧。」

練了球的小美女們以為終於摸準了庾晚音的喜好，當即在御花園中支起了球桌，以不畏嚴寒的奮鬥精神打起球來。

幸而天氣晴冷，無風無雪，打著打著也就熱了。

庾晚音當時只是隨口一說，其實她根本不會乒乓球，更何況這繡球基本可算是一項新運動。但大家菜得半斤八兩，加上拍馬屁的有意放她水，倒也有來有回。

場面一時虛假繁榮。

幾輪下來，或許是大腦開始分泌多巴胺了，又或許是宮鬥場景成功進化到公司旅遊，庾晚音久違地渾身鬆快，漸入佳境，甚至連旁人的叫好聲突然弱了下去都沒察覺。

直到漏接一球，她笑著轉身去撿，才發現繡球滾落到不遠處的一雙腳邊。

那雙腳上穿著朝靴。

庾晚音：「……」

夏侯澹俯身拈起那繡球，「這是什麼？」

眾妃嬪行過禮後低頭站在一旁，大氣不敢出，全在偷看庾晚音的反應。

皇帝昨夜發瘋、庾妃今早封后——這兩則新聞之間，到底是個什麼邏輯關係？無數顆腦袋絞盡了腦汁都沒想明白。

其實能在這樣一本水深火熱的宮鬥文裡存活到今日的人，多多少少都領悟了一個道理：在這活下去的最佳方式，就是不要作死。無數個慘烈的先例證明，鬥得越起勁，死得越早。

但這條規則對庾晚音不適用。

庾晚音入宮以來，扮過盤絲洞，也演過白蓮花、藏書閣裡的大才女、不會唱歌的傻白甜、不諳世事吃貨掛、怒揨皇帝清流掛、淒風苦雨冷宮掛……恨不得把每一種活不過三章的形象逐一扮演一遍，各種大死作個全套。

以至其他人有心學一學，都不得其法，因為她們至今分析不出皇帝吃的是其中哪一套。

或許其精髓就在於這種包羅萬象的混沌吧——有人這樣想。

可如今她當了皇后，正值春風得意時，總該流露出一點真性情了吧？

這帝后二人如何相處，直接關係到前朝、後宮日後的生存之道，必須立即搞清楚。

庾晚音想不出更好的答案，「乒乓吧。」

「乒……」夏侯澹狐疑地看了繡球一眼，眼中寫滿了拒絕。

庾晚音擺了擺手，示意他別挑剌了，「能打的能打的。」說著接過球，示範著發了一球，對面小美女不敢接。

夏侯澹抽了口氣，「妳這拍都……」沒拿對。

庾晚音：？

好傢伙，還是個行家？

她用眼神問：你要加入嗎？

夏侯澹搖搖頭，溫聲道：「皇后累了嗎？」

庚晚音聽出他是有事找自己，忙道：「確實有些累了，今日就到此為止吧，改日再來。」

對面小美女回過神，囁嚅著應了：「娘娘保重鳳體。」

等庚晚音坐上龍輦去遠了，眾人茫然地面面相覷。

別說如何相處，她們甚至沒看懂那兩人是如何交流的。

用神識嗎？

龍輦上，庚晚音貼在夏侯澹耳邊呼出一口白霧，「怎麼了？」

夏侯澹道：「邊軍有人偷偷動了。」

「哪一邊？」

「三邊都有，詳細人數還未查明。看來夏侯泊等不住了。」

庚晚音在他開口之前已經隱隱猜到了。

此事他們早就商討過，也想到了一旦夏侯澹穩固住中央勢力，端王只能去借邊軍。如今三軍皆被他買通，只是應了最壞的一種設想。

所以她平淡地接了一句：「那我們也抓緊吧，趁著他的援軍還沒到。」

「嗯，我跟蕭添采說了，太后的吊命方子可以停了。」

庚晚音問：「那她還能苟活幾天？」

夏侯澹委婉道：「蕭添采會停得比較藝術。」

庾晚音：「……」

她轉頭望了一眼。

夏侯澹握住她的手，「在看什麼？」

「沒什麼。」冬日的陽光總是格外珍貴，庾晚音忍不住對著御花園的花草多望了一下，隱隱預感到那「改日再約」的下一次乒乓球賽，怕是遙遙無期了。

「浮生半日閒，果然是偷來的。」

蕭添採辦事十分俐落。

翌日深夜，庾晚音被一陣急促的敲門聲驚醒。安賢在門外顫聲道：「陛下，太后不好了。」

這聲通傳如同發令槍響，庾晚音倏然清醒過來，轉頭看向身邊的人。

夏侯澹也正望著她，輕聲問：「準備好了嗎？」

庾晚音點點頭，道：「走吧。」

為了表達悲痛，安賢今日的唱名聲格外鬼哭狼嚎一些：「皇上駕到——」

夏侯澹攜著庾晚音的手走下了龍輦。三更半夜，冷風刺骨，凍得庾晚音一個激靈。

有侍衛跟了上來，在他們身後低聲道：「尚未發現端王的人。」

暗衛已經在太后寢宮周圍蹲伏多時了。只要太后一斷氣，端王隨時可能行動。所以從現在開始，他們就進入了一級戒備狀態。

夏侯澹不著痕跡地微一點頭，走進大門。

正屋裡已經跪了一地宮人，動作快的妃嬪也火速趕來跪好了，一個個面色慘白，端出一臉如喪考妣的神態。但眼淚尚未醞釀出來，說明太后還剩一口氣。

庾晚音跟在夏侯澹身旁越過人群，走向裡屋，不經意地瞥了眾人一眼，微微一愣——好些人都在偷看她。

更確切地說，是在偷看她的肚子。

那探究的目光近乎露骨，庾晚音本能地感到不適，舉起袖子擋了一下。

於是更多的目光直勾勾地射了過來。

庾晚音：？

幾個老太醫從裡屋迎了出來，後面跟著作為學徒的蕭添采，眾太醫照著流程往夏侯澹跟前一跪，老淚縱橫道：「老臣無能，老臣罪該萬死啊……」

夏侯澹也嚴格遵照流程，一腳踹開為首的老太醫，急火攻心地衝了進去，人未到聲先至：「母后！母后啊！」

裡間空氣混濁，瀰漫著一股不妙的味道，由排泄物的臭味與死亡的陰冷氣息混合而成。床上的太后已經換上了壽衣，形容枯槁，四肢被人擺放端正了，雙手交疊於胸前，僵屍般直挺挺地躺著，一雙眼珠子幾乎暴突出來。

小太子跪在一旁的角落裡，縮成一團，像個斷了線的傀儡，走近了才會發現他在瑟瑟發抖。

夏侯澹道：「啊！」他聲音大得離譜，似乎是為了確保外面的人都能聽見，「母后且安心，兒子來了！」

庾晚音：「……」

她今日算是見識到了演技的巔峰。

夏侯澹居然能一邊語帶哭腔，一邊對床上之人露出一抹飽含惡意的微笑。

太后被他激得整個人抽搐起來，卻只能發出「呃啊啊」的聲音。

夏侯澹一屁股坐到床沿上，貼心地伸手幫她掖了掖被角，「兒子都明白、都明白。」

四目相對，夏侯澹的眼前浮現出初見之時，那雍容華貴、不可一世的繼后。她殷紅的指甲劃過他的面頰，刺得他眼皮直跳，卻不敢躲閃。

當時的他如同一隻待宰羔羊，唯一能等待的只有他人的垂憐。

若說她在這十餘年裡真正教會他什麼，那或許就是：不要等。

太后指甲上的蔻丹早已剝落得一片斑駁。她瞪著夏侯潽抽了半天，每抽一下，出氣就更多，入氣則更少。

夏侯潽問：「什麼？小太子？」他朗聲道：「母后不必擔心，朕必然會好——生——照料他。」

借著床帳遮擋，他對著太后比劃一個抹脖子的手勢，笑得更喜慶了。

太后：「……」

夏侯潽以為她這一下就該氣死了，她卻仍舊萬分艱難地喘著氣，無神的眼睛直對著他，嘴唇微微嚅動。

奇怪的是到這境地，她的眼中反而不剩仇恨了，殘存的只有不甘。

夏侯潽揣摩一下此時她的走馬燈裡能閃過什麼畫面，愣是沒想出答案。

她沒有愛人——她親口告訴過他，她今生最恨的就是先帝。

她沒有情人——這麼多年她連個裙下臣都沒養過。

她也沒有子嗣——早在她爬上后位之前，老太后就奪去她這輩子受孕的可能。

或許從那時開始，她一生所求就只剩權柄了。

弄死老太后、熬死先帝、控制夏侯潽、操縱小太子……何必愛世人？何必索求愛？與人鬥，其樂無窮。夏侯潽毫不懷疑，她即使成功弄死了自己與端王，也會不知疲倦地繼續鬥下去，直到生命盡頭。

可惜，她輸得太早了。

太后如同垂死的魚一般猛烈掙扎起來，口型接連變換，發出含混的聲音。

夏侯澹不願俯身去聽，偏了偏耳朵，不耐道：「什麼？」

太后突兀地笑了一下，她慢吞吞地說了幾個字。

夏侯澹頓了頓。

太后擱在胸前的手顫顫巍巍地抬起一寸，又猛然跌落下去，頭偏到一旁，再也不動了。死寂。

太醫在一旁聽著不對，跪行過來撩開床帳，象徵性地把了把脈，又翻了翻她的眼皮，顫聲道：「陛下……陛下……」

夏侯澹維持著坐姿一動也不動。

跪在床尾的庾晚音等了十幾秒，莫名其妙，只得起身走過去，拉他站了起來。

夏侯澹這才像是被撥動了某個開關，氣沉丹田，哭出了第一聲：「母——后——」

外頭收到訊號，立即跟上，此起彼伏地號起喪來。庾晚音從裡屋聽見，只覺聲勢浩大，有男有女，似乎是大臣們也趕到了。

不知道端王來了沒。

她一邊敷衍了事地跟著乾號，一邊在腦中又過了一遍暗衛藏身的位置。

夏侯澹自然不能哭一聲就算完事，還替太后闔上眼睛、整理壽衣，做戲做全套。

一旁趴著的小太子也開始抽噎起來。他或許是整間屋子裡唯一一個真哭的人，很快哭得涕泗橫流、傷心欲絕，渾身抖得像是打起了擺子，邊抖邊朝床邊爬來，似乎還想看太后一眼。

庚晚音低聲問夏侯澹：「她剛才留了什麼遺言？」

夏侯澹轉頭看向她，神色有些木然，「她說她在地下等我。」

庚晚音心裡「咯噔」一聲，從足底泛起一股陰寒之氣，「什麼玩意，死到臨頭了還只顧著咒人……」

她在餘光裡瞧見小太子爬到近前，下意識瞥了他一眼。小太子正望向夏侯澹，一張小臉繃得太緊，五官都變了形，整個人連呼吸都止住了，彷彿一個行將爆炸的氣球。

就在這一剎那，庚晚音忽然心頭一緊。憑著生死間練出的直覺，她的身體動了。

她猛地撲向夏侯澹，一把將他撞開——

與此同時，小太子揚起手臂，袖中騰起一陣紅霧，兜頭灑向夏侯澹，被庚晚音擋去了大半——

庚晚音預期的是匕首、暗器，萬萬沒想到會是這樣的東西，一時不防吸入一口，猛地嗆咳起來。

夏侯澹被她推出兩步，呆了一瞬，立即掩住口鼻，衝回來將她拉走，回身狠狠一腳，正中小太子心口。

小太子整個人被踹飛了，跌到地上吐出一口血。

庾晚音跌跪在地，咳得上氣不接下氣。夏侯澹伸手在她衣髮上一抹，指尖沾滿了紅色的粉末。

暗衛已經控制了室內所有宮人與太醫，又將地上的小太子也制住了，「陛下，此地不宜久留，請先暫避……」

夏侯澹大步上前，一把掐住小太子的脖子，「解藥。」

小太子放聲尖叫。

動靜傳出裡屋，外頭敬業的哭聲一停。

夏侯澹的五指漸漸收緊，將那尖叫聲硬生生掐斷，「解藥。」

小太子掙扎起來，一張臉脹成了紫紅色。暗衛見勢不妙，試圖阻攔，「陛下息怒！」

夏侯澹理也不理，掐人的手上青筋暴突，眉間躥起一股黑氣。

庾晚音終於緩過氣來，居然沒有其他不適之感。她轉頭一看，見小太子眼睛都翻白了，連忙去掰夏侯澹的手，「快停下，我沒事……」這一掰竟未掰動，她慌了起來，湊到他耳邊提醒，「所有人都在外面，你想當場坐實暴君之名嗎？」

夏侯澹充耳不聞。

庾晚音定睛一看，嚇得呼吸一窒——夏侯澹的眼球充血，面目猙獰，宛如修羅。

他從前發瘋的時候都沒有露出過這副面貌。

庚晚音忽然想起那紅色粉末。那玩意，夏侯澹剛才也吸入一點吧？

她強壓著恐懼指揮暗衛：「幫忙救太子！」

暗衛猶豫著不敢動。

庚晚音啞聲催促：「快點，我們還要問解藥！」她自己吸入的紅粉比夏侯澹多得多，此時就像往體內埋了顆定時炸彈，不知何時會出現症狀，只能趁著神志清醒，盡一切可能穩住局面。

暗衛一咬牙，並指一戳夏侯澹臂上某處，戳得他手臂痠麻，被迫鬆開了手。

暗衛剛拉開太子，夏侯澹就嘶聲道：「殺了他。」

暗衛道：「陛下……」

「殺了他！」夏侯澹口中發出一聲野獸般的怒吼，一拳揮了過去。暗衛不敢擋他，狼狽不堪地避過了。

夏侯澹撲過去奪他的劍。

暗衛繞柱走。

夏侯澹伸手入懷，掏出了槍。

所有知道那是何物的人瞳孔驟縮——

對準那暗衛的槍口被一隻手握住了。

庚晚音渾身發抖，「夏侯澹。」

夏侯澹下意識望向她，在看到她眼眶裡的淚水時幾不可察地凝滯了一下，那雙黑暗混沌的眸中，一團風暴止歇了幾秒。

庾晚音其實理智都快崩潰了，五指順著槍身慢慢攀去，摸到他手背的皮膚，說不清誰更冷，「晚上吃小火鍋嗎？」

夏侯澹頓在原地。

就在這一頓之間，庾晚音輕聲道：「敲暈他。」

暗衛這次沒有猶豫，一記手刀劈倒了皇帝。

庾晚音舉目四顧，太后已死，皇帝中毒，太子半死不活。她又轉頭看了看正屋的方向。臣子與宮人還在低低哭著，但聲音很輕，顯然在側耳傾聽裡面的詭異動靜。

室內的人全望著她。

庾晚音強行勾起嘴角，「陛下傷心過度倒下了，快扶他回去休息。太子情緒不穩，也需好生安撫。」

暗衛會意，架著夏侯澹和太子從後門走了。

庾晚音抬手從肩上掃落一把紅色粉末，攥在手心。

這玩意到現在都沒對她產生任何作用。她心中隱約有了個猜測，當下便對那些太醫與宮人笑了笑，「不必驚慌，一切照常吧。」

說著安撫的臺詞，那笑意卻是冷的。

她自己或許沒有察覺，但看在他人眼中，這新上任的皇后周身的氣勢已經不同以往。

那些人打了個寒顫，慌忙動了起來，有人搬來梓宮上前入殮，有人打掃一地狼藉。

庾晚音對蕭添采使了個眼色，將目光指向太后的屍首。

蕭添采若有所悟，躬身走到碩大的梓宮邊，與宮人一道整理起太后的遺容。

庾晚音逕自走出裡屋。

正屋裡果然烏泱泱跪了一大片人，隊伍一直排出了大門，延伸進外頭的漆黑夜色中。見她出來，那已經停下的哭聲又強行續上了。

庾晚音示意安賢上前，照著流程安排眾人留宿或回家齋戒。她自己象徵性地扶起幾個妃子，安撫了幾句。

突然有一道黑影朝她疾速奔來，口中呼著「娘娘」。

庾晚音如同驚弓之鳥，連退數步。來者是個中年男子，尷尬地停在原地，半晌才期期艾艾地見禮道：「娘娘……可好？」

庾晚音：「……」

她用邏輯推斷了一下，這人可能是她親爹。但她又不能百分之百確定，這一聲「爹」要是叫錯了，那樂子可就大了。所以她只能舉起袖子，揩起了那不存在的淚水，口中含糊道：「承蒙……關心，我……晚音一切都好。」

對方道：「哎呀，娘娘切莫憂心過度，傷了身子……」

「庾少卿。」清朗溫和的聲音插了進來。

端王不知何時走了過來，攙住那男子，輕聲勸他：「眼下不是敘舊的好時機。」

果然是她爹。

但庾晚音的注意力已經完全不在她爹身上了。端王站得離她太近了，這個距離，暗衛都來不及救。

庾少卿脹紅了臉，忙行禮道：「是老臣失禮了，老臣這便退下了。」臨走還瞟了庾晚音的肚子一眼。

庾晚音此時腦中亂成一團，也顧不上分析他那眼神。她與端王四目相對，一邊隨時準備跑路，一邊還要努力不讓這防備流露出來。

夏侯泊傷感一笑，「尚未恭喜娘娘榮登鳳位。」

庾晚音也傷感一笑，「殿下，眼下不是時候。」

直接拿他剛才的臺詞回敬了他。

夏侯泊聞言，深深看了她一眼，「娘娘還要主持大局，我便也不多叨擾了。」

庾晚音原本以為他是來問夏侯澹情況的，見他這麼容易就被打發走，不禁有些意外。

她將臺詞壓在舌底過了幾遍，這才苦笑道：「確實有些焦頭爛額，多謝殿下體諒。我們……來日再敘。」

夏侯泊笑了笑，轉身走開了。

剛背過身，他眼中的眷戀與失意一瞬間收了個乾淨，取而代之的全是冷嘲之意。

有人的命中不需要溫情。

也有人的溫情，吝嗇到轉瞬即逝，甚至連自己都不曾察覺，就已經消逝無跡了。

夏侯澹不知道自己身在何處。眼前一片昏黑，看不見任何畫面。耳中嗡嗡作響，聽不見任何聲音。

如果說此前的頭痛像一波蓋過一波的海浪，這時就是山崩海嘯，直接把地殼都掀了。

似乎有人按住他的肩，對他喊著什麼，但落在他耳中，只是增加了無意義的雜訊。

太痛了。

彷彿顱腔裡擠進了兩條巨龍，在這彈丸之地殊死搏鬥，撞得他的頭蓋骨迸開了一道道裂縫，從中噴濺出苦水與火焰。

太痛了。

要是立即死掉就好了。

即使身墮煉獄，被業火灼燒，也不會比這更痛苦了。

庚晚音三下五除二打發走眾人，留下幾個暗衛監視那邊的宮人，自己匆匆趕了回來，身後跟著謝永兒和蕭添采。

「粉末。」她將剛才悄悄收在手心、被汗水浸濕的一團紅粉交給蕭添采，「去驗。」

蕭添采什麼也沒說，額上見汗，面色凝重地走了。

庚晚音拔腿就朝裡間跑，半路被北舟抬手攔住。

她詫異地抬眼，「北叔，什麼意思？」

北舟只是沉默地平舉著手臂，不讓她過。

庚晚音知道一千個自己也打不過他，頹然道：「是他不讓我看嗎？那你呢，你也覺得我應該在這時躲遠點嗎？」

北舟：「……」

庚晚音越說越慘澹，「我在你們眼中到底是什麼？只是個歡喜時錦上添花的小玩意嗎？」

北舟的手臂放下了，「舉得有點疼。」

庚晚音：？

北舟連身子都背過去了，「唉，年紀大了，這老胳膊老腿的遭不住啊。」

庾晚音後知後覺地反應過來，連忙跑進去。

即使做好了心理準備，她還是被眼前的畫面震住了。

床上的夏侯澹被北舟用被褥裹著，連人帶被捆成一個粽子。如果不看他額上和嘴角的血跡，這造型還有些滑稽。

北舟似乎是在他咬傷自己之後才打了補丁，又往他嘴裡塞了團布。於是他喉中發出的號叫被悶在嗓子眼裡，殺傷力大打折扣。

庾晚音像個木頭人似的立在原地，茫然地問：「他每次發作都這樣嗎？」

身後傳來北舟的聲音：「以前沒這次嚴重。大概三個月前開始需要綁著，他不敢讓妳知道，就下了禁令。但沒想到這次他拿頭去撞床柱，還想咬舌……」

庾晚音臉上一片冰涼，伸手一摸才發現是自己的眼淚。

夏侯澹又叫了一聲，聲音完全撕裂了。不能自殘，他只能用這種方式轉移疼痛。

庾晚音走了過去，將他口中的布取了出來。夏侯澹立即要咬自己，牙齒卻被別的東西擋住。

庾晚音將手指伸進他嘴裡。

有人拽她的手，「妳瘋了嗎？他發瘋妳也陪著發瘋？」

庾晚音這才意識到謝永兒也跟了進來。

夏侯澹的齒尖已經扎入她的肉裡。庾晚音吸了口氣，道：「沒事，比他咬傷自己好。」

夏侯澹的眼簾突然顫了一下，緩緩撐開。

他萬分艱難地一點點鬆開牙關，喉結滾動兩下，用氣聲問：「晚音？」

他的眼睛明明望著她，卻對不上焦，「晚音？」

庾晚音的眼淚一滴滴砸在他的臉上。

夏侯澹似乎傻了，過了一會兒才喃喃道：「走開。」

庾晚音俯身去抱他，他卻不斷掙扎，「走開，妳不該來……」他焦躁不堪，滿心只想讓她少看一眼。

有她在場，他連嘶喊都得忍住，壓抑得額上青筋直跳。

謝永兒站在一旁，見他們一個瘋了，一個突然變成了只會哭的廢物，不禁翻了個白眼，果斷上前，一把將布團塞回夏侯澹嘴裡，回頭問北舟：「為什麼不打暈他？」

北舟道：「……暗衛已經打暈過一次了，我怕控制不好力道，傷了他。」

謝永兒道：「等著，我去叫蕭添采。」

蕭添采悶頭行了一遍針，長舒一口氣，「能讓他睡上半日吧。」

此時天光已經微亮，庾晚音像是整個人被掏空了，疲憊地坐在床邊不吭聲。

蕭添采想了想，還是開始彙報：「臣剛才去拿耗子試了藥，耗子並無反應。」

庚晚音略微抬眼。

蕭添采道：「先前娘娘讓臣驗屍，臣發現太后指甲上殘存的蔻丹裡，似乎也摻了這種粉末。但這粉末本身應該並非毒藥，否則娘娘吸入那麼多，不會至今無恙。」

「那陛下是怎麼回事？」

「臣依稀記得在古書裡讀到過，有些特殊的毒，分為毒種和毒引。毒種會潛伏在人體內，遇到毒引才會發作。」

蕭添采的頭埋得更低了些，不再往下說了，但他的猜測已經擺到了明面上：夏侯澹體內有毒種，太后以前把毒引藏在指甲裡，這麼多年來，一點點地加重他的頭疼，從而保證他一直是個無能的暴君。

毒引本身藥性微弱，這也解釋了為何北舟他們先前查來查去，都查不到夏侯澹身邊哪裡有毒。

但太后沒想到自己會先被夏侯澹搞死。死之前，她決定復仇，便命小太子用大量毒引偷襲夏侯澹。

夏侯澹防備了所有人，唯獨沒料到懦弱的小太子會下這個手。

小太子也知道父皇待自己冷漠，如今又封了新皇后，自己的太子之位很快就會不保。倒不如鋌而走險一次，萬一成了，他就直接登基了。

庚晚音一時不知該佩服誰。

也許能在這宮裡活下來的，都成了怪物吧。

「那就去找人撬開小太子的嘴，他應該知道解藥吧。」

蕭添采搖頭，「小太子多半不知道，就連太后都不一定知道。這類毒藥在大夏早已失傳，只有古籍中提過隻言片語，如何煉製根本無人知曉。」

庾晚音道：「你的意思是，這毒是從別處傳到她手中的？」

蕭添采想起了什麼，喃喃道：「羌國……羌人善毒，他們的藥與毒自成一體，外人難以一探究竟。」他起身便走，「臣去查查看。」

庾晚音與謝永兒面面相覷。

庾晚音問：「太后難道有羌國血統？」

謝永兒道：「原文裡好像沒提她的血統，倒是寫到她毒死了老太后和先帝的原配皇后——夏侯澹的奶奶和媽媽。如果她當時用的就是這種毒，那可太久遠了，根本查不到她是怎麼得到的。」

庾晚音皺眉思索起來。

好消息是，夏侯澹的頭疼病因終於有眉目了。等蕭添采分析出這種毒的成分，或許圖爾能在羌國找到解藥。

壞消息是……以夏侯澹如今的狀態，這一切不知道還來不來得及。

夏侯澹是晌午醒來的。

庚晚音觀察著他的神色，面露驚喜，「頭不疼了嗎？」

「基本不疼了。」夏侯澹對發病時的事情還有模糊的記憶，嘆了口氣，「讓妳受驚了。」

庚晚音：「……」

有點生氣。

氣他瞞了自己這麼久，寧願被捆成粽子也不讓自己陪伴。但轉念一想，她即使在場，也幫不上任何忙。於是那點憤怒又化作了深深的無力感。

夏侯澹察覺她的心情，換了個語氣：「幸好來得快去得也快，睡一覺就好多了。」

庚晚音絲毫沒有被安慰到。

他發病原本就是一陣一陣的，下一次還不知什麼時候來。

她將蕭添采的推測說給他聽：「你自己有什麼線索嗎？」

夏侯澹的腦子其實還在被釘子鑿，雖然惡龍暫退了，疼痛仍然比平時劇烈。他的思緒有些淩亂，努力回憶一下，自己記憶中第一次頭痛，是在老太后臨終時，但當時，那未來的繼后並不在場。

至於老太后的衣髮上、病床上，是否殘餘了紅色的粉末，他卻是完全記不起來了。

夏侯澹道：「就算當時就有毒引……那毒種又是什麼時候……」

老太后死前，那女人只是一介宮妃，從未接觸過他。何況他深知宮廷險惡，從穿來的那一天起就一直處處小心提防著。

庾晚音問：「什麼？」

夏侯澹回過神來，「沒有，我是在想太后是怎麼埋下毒種的。」

庾晚音道：「那就不可考啦。謝永兒說她毒死了你的奶奶和生母，你想想那都是多少年前了。」

哦，原來如此。

夏侯澹忽然福至心靈地領悟了。

據說他的生母慈貞皇后誕下他時便極為艱難，之後又一直多病，只過了兩年就過世了。

那麼，太后是什麼時候對慈貞皇后下的毒呢？

她下毒的時候……會好心避過孕期嗎？

夏侯澹忍不住笑了起來。

庾晚音驚了，「笑什麼？」

「沒什麼。」夏侯澹笑意裡盛滿了悲涼，卻沒有洩露到聲音中，「這個暴君，真是倒楣啊。」

原來自己的小心謹慎從一開始就是沒有意義的。在更早更早之前，甚至早在降生之前，這個角色的命運便已經譜寫完畢了。

與其說是某個人害他……不如說是彼蒼者天，要讓他一步步走向瘋狂。

夏侯澹這一口濁氣在胸腔內衝撞，五臟六腑在餘音中震盪，呼出口來卻只是輕而又輕的一聲：「倒楣鬼啊！」

庾晚音神情有些異樣，握住他的手，「不會倒楣到底的。他遇到了我們。」

夏侯澹一時間甚至沒搞懂這「我們」指的是誰。

他的疑問一定是流露到了臉上，所以庾晚音又解釋了一句：「我和你啊。」

從小太子口中果然什麼都問不出來。

他自知此生已毀，見人只會陰惻惻地笑，那笑容有時竟與太后如出一轍。

夏侯澹下旨廢了他的太子之位，責他面壁思過，卻沒有像對太后宣稱的那樣殺了他，反而以關押為名，派了些人將他保護了起來。

這主要還是為了膈應端王。

有這麼個廢太子活著，端王即使成功弒君，也不能名正言順繼承大統。朝中自然會冒出一批太子黨，再與他鬥上幾回合。

而如果他們滅了端王，再回頭來算太子的帳也不遲。

庾晚音心中的另一個疑問也很快得到了解答，這答案還是謝永兒帶回來的。

「是的，他們都以為妳懷孕了。這個猜測是在妳封后當天開始流傳的。要說有什麼佐證，就是妳那天稍微運動了一下，皇帝就忙不迭地要把妳拉走。本來信的人還不多，結果他突然廢掉了唯一的太子，都說是為了給妳腹中的孩子讓道……」

庾晚音：「……」

庾晚音簡直槽多無口，「廢太子不是因為太子失德嗎？」

「人只會相信自己願意相信的東西。古人的慣性思考就是『母憑子貴』。」謝永兒分析得頭頭是道：「但我懷疑是有人在利用這種慣性思考傳播謠言，這也是輿論戰的一部分。」

「端王？」庾晚音不解，「圖什麼？」

「暫時猜不出。反正妳自己小心吧。」

話雖如此，庾晚音總不能自己跳出去宣布「我沒懷孕」吧。一時找不到澄清的機會，便只能隨它去。

他們已經知道端王的援軍在趕來的路上，不可能坐等著人家準備萬全。

於是欽天監猛然算出來一個千年難遇的安葬吉日，就在三日之後。夏侯澹對著滿朝文武眉頭深鎖，左右為難，半晌後道：「按理說應是停靈七日，但母后洪福齊天，趕上這麼個千年吉日，那就破例停靈三日，提前下葬吧。」

曾經的太后黨半字反駁都沒有，還得爭相誇他孝順。

所有弔唁被壓縮到了三日之內。夏侯澹披麻戴孝，親自守靈。

太后賓天那日，有皇帝病倒的傳言，可如今百官一見他端端正正跪在靈堂，一切流言也就不攻自破了。

送走一撥皇親國戚，庾晚音披著一身風雪回到室內，立即跺起腳，「太冷了，怎麼能這麼冷，這降溫莫非也是端王的陰謀？」

夏侯澹敲著膝蓋站起來，「有道理，他應該是發明了局部製冷。」

「也有可能是太后怨氣太深，你覺不覺得這裡陰風陣陣的……我剛才突然反應過來，這傢伙停靈的最後一夜還剛好是大年夜啊！她這一死，非得拉著全國人民都無法過年，這得是多大的怨氣……」庾晚音念念叨叨。

夏侯澹道：「過來，給妳個東西。」

「什麼？」

夏侯澹從寬大的孝衣下摸出一物，塞進她手中，「抱著吧。」

是個暖手爐。

庾晚音笑了，「真有你的，怪不得你跪得住。」

夏侯澹放低聲音道：「外面有動靜嗎？」

庾晚音搖搖頭。

看似空蕩蕩的靈堂周圍，其實藏了無數暗衛。

按照胥堯所記，端王的計畫有兩種。

一是在夏侯澹守靈時派刺客暗殺他，不留傷口，偽造出靈異現場。

二是在出殯時，按照大夏禮俗，進入陵寢前的最後一段路由皇帝扶柩。這段路正好經過邶山腳下的峽谷，如果派人藏在山上推下巨石，偽裝成山崩，則峽谷中人無路可逃。

兩個計畫有個共同點，就是都可以推鍋給太后的冤魂，正好呼應了先前散播的「暴君無德遭天譴」的輿論。

而夏侯澹的計畫，是事先在靈堂與邶山兩處留下埋伏，如果能在對方動手前抓個現行，名正言順地除去端王，那是上上策；萬一對方詭計多端逃過了抓捕，又或是雖然抓來了，卻查不到端王頭上，他們也依舊會除去端王。至於輿論與民心，留住命再慢慢修復。

所以這幾天裡，有任何風吹草動，暗衛都會第一時間前來彙報。

然而，或許正是因為周圍埋伏太嚴密，引起了端王警覺，他們在靈堂裡等了足足兩日，連個鬼影都沒見到。

在包圍圈外，倒是有幾個太監、宮女探頭探腦過。如果這也是端王派來的人，那就顯得過於小兒科了，比起「準備搞事」，倒更像是「裝作準備搞事」。暗衛怕他們明修棧道，暗度陳倉，一邊盯著靈堂，一邊反而加派了更多人手去邶山附近查探。

這是庾晚音有生以來度過的最壓抑的春節。喪期禁樂，宮中一片死氣沉沉，自上而下閉門不出。大禍將至的氣息如泰山壓頂，連雪花都落得遲緩了幾分。

唯一的安慰是，夏侯澹的情況似乎好轉了。

蕭添采每天溜進來替他面診一回，望聞問切仔細體檢，還要做一遝厚厚的筆記，試圖推斷出他體內那毒種的成分。夏侯澹表情輕鬆，只說頭疼沒再加重。稀奇的是他胸口那道傷口倒是恢復迅速，如今轉身舉臂已無大礙。

庾晚音道：「我有一個大膽的想法。」

夏侯澹問：「什麼？」

「你想啊，當時圖爾明明聲稱這傷口無法癒合，但放在你身上，莫名其妙就癒合了。」庾晚音沉聲分析，「而且你這次頭痛發作之後，傷口卻好得更快，不覺得奇怪嗎？」

蕭添采在一旁插言：「這麼說來，確實有些反常。」

資深網文讀者庾晚音道：「你所學的醫書裡，有『以毒攻毒』這概念嗎？」

蕭添采道：「啊。」他思索片刻，點頭道：「如果兩種毒都是羌人的，確實有可能彼此之間藥性相克。」

庾晚音大受鼓舞，「去查查看吧，直覺告訴我這是正解。」

蕭添采應了，卻遲疑著沒有告退，「娘娘，可否借一步說話？」

庾晚音愣了愣，心中一沉。一個醫生要「借一步」說的，通常不是什麼好話。

夏侯澹卻笑著拍拍她，道：「去吧。」

庾晚音只得往外走。她背後沒長眼睛，也就看不見自己身後，夏侯澹投向蕭添采的威脅的眼神。

兩人走到偏殿，蕭添采轉過身，單刀直入道：「娘娘還記得先前的許諾嗎？」

庾晚音正等著他通知夏侯澹的病情，聞言一頓，霎時間起死回生，「哦哦，放走謝妃是吧？嗐，我當是什麼事呢。沒問題沒問題，等跟端王決出勝負，我做主，送她安全離開都城。」

蕭添采卻欲言又止。

庾晚音：？

蕭添采絞盡腦汁斟酌措辭，「陛下自然是吉星高照……但端王狡詐……」

庾晚音懂了。

對方想說的臺詞是：萬一端王贏了，謝永兒豈不是走不了了？

庾晚音先前沒仔細考慮過這一節。如果是從前的她，或許會當場點頭，提前放人。但今時不同往日，她已見識過世間險惡，便無法阻止自己想到：萬一謝永兒出去之後又投奔端王呢？即使謝永兒是真的一心歸隱，端王又怎會輕易放過這個情報來源？

「這樣吧，」她緩緩說：「等太后出殯當日，端王跟著發引的隊伍出城之後，我派人送謝妃從相反的方向離開都城。」到那個時候，端王再找她也來不及了。

她原以為蕭添采還要爭論兩句，沒想到這少年相當明事理，當即跪下行了個大禮，「娘娘大恩，臣當謹記。」

庾晚音忙將他攙起來，「別這樣，我受之有愧。之前答應過放你跟她一起走，但眼下陛下這毒尚未找到解藥，實在還得依靠你。」

蕭添采沉默了一下，溫聲道：「臣從未想過離開。謝妃娘娘餘生安好，臣便別無所求了。」

庾晚音忍不住露出仰視情聖的眼神，「其實你也可以別有所求的，大家不介意。」

蕭添采僵住了，不自在地低下頭，「臣……臣自知入不了她的眼，也入不了她的心。與其弄得相看生厭，不如送她離開。日後天大地大，她每見一處山水，或許也會憶及故人。」

情聖，這是真的情聖。

庾晚音肅然起敬，「放心吧，我會去安排的。」

蕭添采得了她的保證，千恩萬謝地走了。離去時還弓著腰，不敢讓她瞧見自己臉上的愧色。

他急於送走謝永兒，並不全是怕端王。也是怕庾晚音發現，其實自己即使留下，也沒有多少價值。

皇帝剛才那個威脅的眼神，是在提醒自己別說不該說的。

比如，他體內的毒素從出生之前埋到今日，已經積重難返了。小太子偷襲的那一大把毒引，就是壓垮駱駝的最後一根稻草。

又比如，太后臨死的那句遺言其實是四個字：「此毒無解。」

靈堂裡，夏侯澹目送兩人走遠，立即尋了張椅子坐下，雙手抵住額頭，那力道活像要將它擠爆。

持續不斷的疼痛中，已經模糊的記憶忽然又浮上眼前。他重新瞧見了若干年前，病榻上喘著氣等死的皇祖母。在徹底咽氣之前的一個月，那可憐的女人每天都在神志不清地號叫。當時沒人知道她在號什麼。

如果等待自己的也是同樣的下場……

夏侯澹嗤笑一聲。

那種鬼畫面，他可不想被她看見。

第二十章　決戰

停靈最後一天，終於有消息傳來：邶山有人深夜出沒，搬動幾塊巨石，埋在雪下。

「看來是選了 **Plan B**。」庾晚音說，「咱們的人就位了嗎？」

夏侯澹道：「在山裡埋伏多日了。出殯當日，禁軍也會將邶山圍起來，不會給他們動手的機會。」

他們與暗衛敲定了行動細節，庾晚音又提起謝永兒的事。夏侯澹沒有異議，當下安排了送她的馬車。

雖然萬事俱備，庾晚音卻總覺得越發不安，彷彿漏掉什麼關鍵的細節。她在腦中將計畫過了一遍又一遍，越想越險。

夏侯澹道：「別光顧著別人，妳自己呢？要不然妳也跟著謝永兒一道躲開先……」

庾晚音打斷了他：「我跟你一起去邶山。」

夏侯澹：？

夏侯澹皺眉道：「不行。」

「我可以喬裝成侍衛，像之前那樣——」

「妳來也幫不上忙。」

「幫得上啊，否則造槍何用？別忘了我槍法比你準。」

「那也不缺妳一個！」夏侯澹換了語氣，放緩聲調，「聽話，這一次是真的危險，我以為這事根本不需要討論的，之前封后的時候不都說好了嗎？」

「說好了什麼？」

夏侯瀓沉默不語。

庾晚音逼他：「說好了什麼？」

「說好了讓我安心。」夏侯瀓平淡地說：「妳想讓我生死之際都多一份掛念嗎？」

庾晚音轉身大步走開了。

她不知道刺痛她的是夏侯瀓那留遺言似的語氣，還是自己心中揮之不去的不祥預感。

暗衛覷著夏侯瀓的眼色。

夏侯瀓面色平靜，揮退了他們，獨自跪回靈位前，等待新一批弔唁的臣子上門。

腳步聲由遠及近，庾晚音又風風火火地回來了，沒好氣道：「走吧，還跪個屁，人家都打算在邶山動手了，你打算陪太后過年？」

她沉著臉拉起夏侯瀓，提高聲音喚來宮人：「陛下龍體有恙，快扶他回寢殿休息。」

夏侯瀓倉促入戲，悲戚道：「可是母后……」

庾晚音懇切勸道：「陛下，龍體為重，莫誤了明日出殯。」

夏侯瀓道：「那、那也有理。」

於是他們回了寢宮，大門一關，趕走所有宮人。

庾晚音問：「包餃子嗎？」

夏侯澹有些詫異地看她的表情。庚晚音強壓下心中的焦躁，偏過頭去，「包吧，大過年的。我去喊北叔。」

一想到今日過去，不知道明日會如何，便覺時間從未如此寶貴，她連氣都捨不得生了。

夏侯澹笑了笑：「好。」

北舟欣然應邀，當場搬來全套廚具，展示了一手和麵絕技。

夏侯澹脫掉孝衣，在一旁幫著剁餡，一刀與一刀之間的距離像人類的命運一般不可捉摸。庚晚音看了一下，忍無可忍地奪過菜刀，「滾邊去。」

夏侯澹不肯走，還非要發言點評：「妳這也就五十步笑百步吧。」

「那還是比你好一點……換個崗位吧，會包餃子嗎？」

北舟道：「他怎麼可能會？我來我來，你們都去玩吧。」

北舟動作俐落，雙手上下翻飛，一人頂十人。庚晚音沒找到幫忙的機會，決定去幹點別的。

宮裡原本備好了過年的布置，只是太后死得不巧，只好全收起來。庚晚音找了一下，翻出兩盞龍鳳呈祥的宮燈，無法往外邊掛，便掛到床頭自娛自樂。

她又去偏殿喊謝永兒：「吃不吃餃子？」

謝永兒道：「……吃。」

夏侯澹居然提筆寫了副春聯。

庚晚音詫異道：「你這字？」

「怎麼樣？」

「你之前的字有這麼好嗎？」

夏侯澹頭也不抬，一筆勾完，嘴角也輕輕抬起，「練過了嘛。」

庚晚音歪頭細看，還在琢磨。明明是一起練的字，對方進步速度也太飛躍了，突然就甩了她十萬八千里。

夏侯澹道：「別琢磨了，我開竅了，而妳，只能望塵莫及，無可奈何。」

庚晚音：？

庚晚音拳頭硬了，「你是國中生嗎？」

夏侯澹笑了起來。

謝永兒道：「咳。」她乾咳一聲，禮貌提醒他們還有個電燈泡在場，「有什麼我能做的嗎？」

「要說也是有的。」夏侯澹說：「妳那吉他呢？抱過來彈一首〈恭喜發財〉？」

謝永兒傻了。

時隔幾個世紀，謝永兒終於意識到自己經歷了什麼。

「你……你們兩個……」她手指發顫，「我彈吉他的時候……」

夏侯澹點點頭，「〈卡農〉彈得不錯。」

庾晚音補充道：「還有〈愛的羅曼史〉。」

夏侯澹道：「就是錯了些音，不過我忍住了沒有笑。」

謝永兒：「……」

「別這樣，」庾晚音繃著臉捅他，「其實也沒什麼錯。」

「是的是的。」

謝永兒：「……」

餃子出鍋了。幾個人圍桌坐好，還倒了些小酒。

窗外天色已晚，大雪紛紛揚揚。

夏侯澹「咦」了一聲，道：「什麼東西硌我牙……」他吐出來一看，愣住了。

是一枚銅錢。

北舟笑著舉杯，「澹兒，萬事如意，歲歲平安。」這頓年夜飯吃得無比隨意，所以他也沒在意宮廷規矩，這一聲只是長輩對晚輩的祝福。

夏侯澹頓了頓，忽然站起身。

北舟還沒反應過來，愣是坐在原地，看著夏侯澹抬起雙臂，將酒杯平舉於眉前，對自己一禮。

是子輩之禮。

北舟嚇了一跳，手忙腳亂地站起來，「澹兒，使不得！」

庾晚音笑咪咪地拉他，「使得使得，叔你就受著吧。」她心想夏侯澹這舉手投足，那神韻抓得還真到位，又不知是怎麼練的，極具觀賞性。

北舟訥訥地回了禮，眼眶有些發紅。

夏侯澹又斟滿了一杯，接著轉向庾晚音。

庾晚音若有所感，自覺地站起身來與他相對。

夏侯澹目不轉睛地望著她，深邃的眉目映著酒光，眼中也有了瀲灩之色。他緩緩舉杯齊眉，這才莊重地垂下眼簾。

庾晚音模仿著他的動作，與他對鞠了一躬。

這是夫妻之禮。

她的耳根發熱，手中普通的酒杯忽而變得燙手，彷彿有了合巹酒的意味。

謝永兒和北舟默默加快吃餃子的速度。

* * *

雪勢已收，都城之上雲層漸散，露出了清朗的夜空。

李雲錫去探望岑堇天，順帶陪他吃了頓年夜飯，回來的路上一直沉吟不語。跟他同車的楊鐸捷稀奇地問：「你怎麼了？」

「你說……」李雲錫一臉難以啟齒，「那爾嵐對岑兄，是不是太過關懷備至？」

楊鐸捷朝後一靠，「嗐，我道是何事，原來你才發現啊。」

李雲錫：？

楊鐸捷輕嗤一聲，「我早看出爾嵐有龍陽之好了，我還以為你也心知肚明呢，否則起初為何看他不順眼？但是這個人吧，相處久了卻也不差……」

李雲錫呆若木雞。

楊鐸捷伸手在他眼前晃了晃，問：「你怎麼不說『成何體統』了？」

千里之外，大雪如席。

林玄英站在河岸邊的高地上，垂眸望著兵士砸碎河冰取水。

「副將軍。」他的手下匆匆奔來，呈上一封密信。

林玄英拆開掃了兩眼，道：「端王明天就動手，到時天下大亂，咱們也不用隱匿行蹤了。其他兩軍出發更早，說不定都快到了。」

「那咱們……」

林玄英抬頭看了看遠處風雪中若隱若現的城郭燈火，「做好準備，直接殺過去吧。」

宮中。

一頓飯吃飽喝足，謝永兒告辭回房去收拾行李。

臨走時她將庾晚音叫到門外，從懷中取出一封信，「我明天走後，妳能把這個轉交給蕭添采嗎？」

「行。不會是好人卡吧？」

謝永兒：「……」

謝永兒能如願抽身離去，是蕭添採用工作力換來的。蕭添采這情聖原本還想對她保密，但她也不是傻子，稍加推斷就想到了。

庾晚音道：「真是好人卡？那語氣是委婉的吧？妳可別把人傷到消極罷工啊。」

謝永兒哭笑不得，「這妳放心。」

她看著庾晚音將信封貼身收好，似乎有些感慨，「沒想到，到最後託付的人會是妳。」

人生如戲，劇情如野馬般脫韁狂奔到現在，她們之間鬥智鬥勇，至今也稱不上是澈底交了心。但謝永兒有此舉，庾晚音竟也並不意外。

或許她們都能和宮裡別的美女言笑晏晏，但出身與境遇相差太遠，有些心事終究不能用言語傳達。有時候，庚晚音莫名地覺得連夏侯澹都不懂她的想法。

但那些惶惶不安，那些豪情壯志，甚至那些剪不斷理還亂的戀愛腦，謝永兒無須一字就能懂。在這方特殊天地裡，她們是彼此唯一的鏡子。

有一個如此瞭解自己的人存在於世，是威脅，卻也是慰藉。

庚晚音拍了拍她的肩，「出城之後想做什麼？」

「先遊山玩水一陣子，把這個世界好好逛一遍，然後……」

「隱居？」

謝永兒笑了，「怎麼可能？等你們安定了天下，我還想來拉點皇室投資，開創個商業帝國呢。」

庚晚音服了。不愧是天選之女，越挫越勇。

「有創業方向了嗎？」

「就先以城市為單位，發展一下外送業吧。」

庚晚音眼睛一亮，「非常好，我入股了。」

謝永兒道：「快遞也可以搞起來。哦，不對，那得先改善交通……我造汽車妳入股嗎？」

庚晚音笑道：「乾脆一步到位，造懸浮列車吧。」

「啊？那是什麼？」

庚晚音僵了僵。《穿書之惡魔寵妃》是哪一年的文？她忘了看發表日期。這該不會是一篇老文吧？這篇文寫出來的時候，有「懸浮列車」這個概念嗎？

她這停頓太過突兀，謝永兒詫異地看了過來。庚晚音慌了兩秒，臨時扯了個幌子，「沒什麼，科幻文裡看到過，我也解釋不清楚。」

「妳建議我去造科幻文裡的東西？」

「只是開個玩笑……」

謝永兒卻仍舊盯著她，雙眼中彷彿有明悟的光芒在緩緩亮起，「對了，妳上次說，妳在原本的世界是哪裡人？」

庚晚音：「……」自己怎麼就生了這張嘴。

「北……小縣城，妳沒聽過的。」

她心中叫苦不迭。明明已經分別在即，謝永兒這次要是刨根問底，繼而陷入存在危機，完全是她在造孽。

卻沒想到，謝永兒突然眨了眨眼，那一星光芒轉瞬熄滅了，「好吧。」

有一剎那，庚晚音奇異地感到熟悉。

謝永兒方才的面色變化微妙極了，由躊躇，至壓抑，再至灑然，一切只發生在幾秒之內。但冥冥之中，庚晚音卻看懂了。

對方就像是站在一扇無形的巨門前，已經伸手良久，卻在最終一刻轉身離去。

進一步是萬丈深淵，退一步是人間如夢。謝永兒神情有些恍惚，微笑道：「等我搞起外送，記得教我幾道妳家那邊的特色小吃。」

庚晚音回過神來：「好。」

剛才，為何她會覺得似曾相識？

謝永兒回去了。庚晚音仍站在門外，抬頭呼出一口白霧。夜空中孤月暫晦，群星顯現出來。庚晚音原本只是隨意一瞥，抬頭時卻忽然定住不動了。

片刻後，身後傳來腳步聲，夏侯澹走到她身旁，「妳不冷嗎，這麼久都不回來？」

「我終於看出來了。」庚晚音激動地抬手一指，「那幾顆星星，是不是幾乎都在一條直線上？」

夏日裡，阿白也曾拉著夏侯澹看過天，還說過什麼東西快要連成一條線了。

庚晚音道：「我後來去查過阿白師父的預言，『五星並聚』指的就是這種星象，古書裡說，這是君主遇刺之兆。」

夏侯澹道：「那倒是挺準的。」

庚晚音大搖其頭，「不是，你再仔細看，那尾巴已經開始拐彎了，不再是一條直線了。這說明什麼？說明這一劫過去了呀。打敗圖爾後，你已經成功改命了！」

她振奮道：「否極泰來了，明天肯定沒事。」

夏侯澹失笑，「現代人開始相信天象了？」

「信則有，不信則無，反正我信。明天，讓我一起去。」庚晚音冷不防殺了個回馬槍。

夏侯澹幾不可聞地嘆了口氣，「晚音。」

「我知道，該說的你都說了。但……這兩天你一直怪怪的。說士氣低落都是輕的，你好像一直在準備後事！」

夏侯澹剩下的話語都被頂了回去。

他表現得這麼明顯嗎？

庚晚音看見他的表情變化，更加揪緊了心，「我也只是想求一份安心啊。你去犯險，卻讓我乾看著，你想想我的感受……」

「那非要一起赴險，妳才會安心？」

庚晚音將心一橫，「對。」

「皇后呢？不當了？」

「萬一幹不掉端王，這皇后也只是個擺設，我不想玩一輩子角色扮演。」

夏侯澹定住了。

良久，他輕聲問：「所以妳是說，妳寧願跟我死在一起？」

庾晚音吸了口氣。對方這個問題是認真的。

她不明白他為何如此悲觀，卻莫名知道，這個答案對他很重要。

所以她也慎重地思索了一下，「我穿過來，就等於已經死過一回了。原以為死後會上天堂，沒想到來了這麼個地獄副本。其實中途有幾次都身心俱疲不想玩了，但是因為有你一起組隊，不知不覺，也堅持到現在。」

夏侯澹悄然轉頭，目不轉睛地看著她。

庾晚音道：「我們做了好多事啊，預防旱災、打敗太后、結盟燕國……就算終止在這裡，我也要誇自己一句好樣的。當然，還有很多未解決的問題，還想做許多事，謝永兒說的商業帝國我也很有興趣……可是這條路真的太累了，太累了。」

嗓子有些發緊，她才意識到自己哽咽了。

她伸手牽住他，「你答應過的，無論生死，都不會讓我孤單一人。你想食言嗎？」

夏侯澹笑了，「好。」他將她擁入懷裡，「那就一起吧。」

真好啊，這就是書裡說的「死生契闊，與子成說」吧。可憐這一腔如海深情，錯付給一張厚重的假面。

但如果只剩今夜……

夏侯澹低頭吻住她。雪後的宮中萬籟俱靜，這一吻只有滿天星辰見證，沉寂而溫柔。

他伸手一勾，領著她朝溫暖的室內走去。

就將這張假面戴到天明吧，他卑劣地想。

燈火搖曳，肢體交纏。庚晚音放縱自己沉溺其中，思緒歸於空白之前，她忽然靈光一現，找到了答案。

她剛才如觀鏡般看懂了謝永兒，只因為她自己面前，也有一道不敢推開的門。

為了不再思考下去，她用力攀住夏侯澹的脖子，與他一道縱身沒入歡愉的洪流。

端王府。

夏侯泊跪在地上為亡母燒完一遝紙錢，起身平靜道：「各就各位吧。」

他的親信們聞言散去，只剩一道身影還跪在原地。

夏侯泊垂眼看著他，「我說過，為了避免被他們用天眼預知，我會在最後關頭增加一個小小的計畫。現在就是時候了。」

死士道：「請殿下吩咐。」

夏侯泊將一個香囊和幾張信箋遞給他，「我說，你記。」

滿城冰凍三尺的寂靜中，傳來孤零零的一聲敲更聲。

新的一年來臨了。

翌日，旭日高升，吉時已至，身著喪服的皇帝行過祭禮，又聽大臣念過哀冊，率文武百官護送著太后的三重梓宮，浩浩蕩蕩地朝著城外行去。

夏侯泊驅馬跟在隊伍裡，微微抬眸望向前方。

今日跟隨聖駕的侍衛比平時多了不少，簇擁在龍輦周圍，硬生生將皇帝與臣子們隔開了一段距離。眾臣之後，又有禁軍數百人壓陣。

看來皇帝還是做了防備的。不過己方的計畫妙就妙在，除非皇帝未卜先知，否則無論多少護衛都形同虛設。

——除非他未卜先知。

接近山腳處，安賢走到龍輦旁躬身道：「請陛下扶柩上山。」

按照禮俗，最後一段路需要皇帝步行扶柩，以彰純孝。

哀樂大作，夏侯澹下了龍輦，走到運送梓宮的車駕旁，伴著車駕繼續朝前步行。前方有一段山形崩斷入地，形成一面高十餘丈的陡直石壁。再往上，積雪覆蓋，悄無聲息。石壁對面，則是一片黑森森的茂密山林。

夏侯澹步履莊嚴，目不斜視，一步步接近石壁的範圍。

還差十五步——

夏侯泊悄然勒住了馬，引得身後隊伍一亂。

十步——

山上數聲慘叫，跟著是一聲厲喝：「有刺客！」

眾臣譁然，下意識爭相朝後退去，同時仰頭張望，試圖看個究竟。

隊伍中的夏侯泊眼睜睜地看著皇帝悠然停步，轉過身。

視線對上的一瞬間，皇帝幾不可察地勾了勾嘴角。

石壁上方的金鐵之聲響作一片，卻看不到人影，只見林木抖動，大塊大塊的積雪與土石簌簌落下。接著一陣驚呼，有人嘶聲吼道：「陛下快躲！」

黑沉沉的巨物從天而降。

眾人再度慌忙後退，一個絆倒下一個，橫七豎八地躺了一片。

那物直直墜下，一聲巨響，在他們眼前砸出一個深坑。眾人方才看清，那岩石有一人多高，從那麼高的山上掉下來，足以將人砸成肉餅。

而這巨石落地處，距離夏侯澹不過十步距離。

他方才只要再往前走一小段，今日的殯葬就又要多出一個主角了。

侍衛一擁而上，護著皇帝撤退。夏侯澹彷彿被嚇破了膽，匆匆往回跑了一段，這才暴怒道：「何人行刺？速速擒來！」

石壁上方，數十道人影出現。為首的正是禁軍新統領，「陛下受驚了，屬下已誅滅刺客，活捉頭目一人，這便下山。」

話音剛落，雪後寂靜的山林中，有人影開始移動。

夏侯泊運足目力望過去，黑壓壓一片全是禁軍，朝著山下圍攏過來。更遠的官道上也傳來了兵馬行進聲。

今日來到這邶山附近的禁軍，絕不止隊伍後面那幾百人。而那石壁上準備的其餘幾塊巨石紋絲不動，顯然巨石附近的埋伏已被全滅。

未卜先知？這項技能在夏侯澹的陣營裡，屬於儲備過剩。

夏侯泊知道皇帝在看著自己，他也知道禁軍將此地圍成一圈後，即將上演的全套戲碼。

他的臉色絲毫未變，還友好地俯身扶起幾個絆倒的臣子。

夏侯澹的嘴角沉了沉。

高統領很快將人押了下來。夏侯澹身邊的侍衛上前一通例行逼供，又一通拳打腳踢的搜身，末了大聲道：「屬下在這刺客身上搜出了端王府的權杖。」

全場落針可聞。

文武百官齊刷刷地望向夏侯泊。

刺客應該不會愚蠢到隨身攜帶端王信物的地步，但他有沒有帶其實無關緊要——夏侯澹需要侍衛搜出權杖，侍衛就搜出了權杖，僅此而已。

在場的沒有傻子，見此情形哪還有不明白的：這對天家兄弟這是要上演決戰了，就在此刻，在他們眼前。

「端王！」一聲暴喝，李雲錫激情擂起戰鼓，「你竟敢——」

卻見夏侯泊難以置信地瞪大眼，對著那侍衛悲憤道：「你……你胡說！」

李雲錫：「……」

這老狐狸擱這畫什麼皮呢？

夏侯泊「撲通」一聲跪下了，「定是有奸人陷害，求陛下明察，還臣清白啊！」

夏侯澹跟他各演各的，聞言左右為難地看看侍衛，再看看刺客，受氣包似的啞聲道：「母后的棺木都險些被砸碎，這些刺客究竟受誰指使，朕定要澈查到底。皇兄也受驚了，不如先回城裡歇息吧。來人，護送皇兄回府。」

一聲令下，四下的禁軍立即朝端王擁去。

夏侯泊相當配合，優雅地行了一禮，轉身主動迎向禁軍，垂在身側的手指抬了抬。

便在此時，人群中忽然有人「咦」了一聲，道：「啟稟陛下，臣見過這個刺客。他是庾少卿府中的家丁啊。」

出聲的臣子是個端王黨，說完還要大聲問道：「庾少卿，你見了自己家丁，怎麼不相認？」

人群炸了。

繼端王之後，庚少卿也體驗了一番萬眾矚目的待遇。他遠不似夏侯泊那般淡定，當場雙腿發軟，「一……一派胡言，我從未見過此人。」

李雲錫道：「怎麼可能是庚少卿的人！誰不知道庚少卿德義有聞，清慎明著……」

「奇怪啊，」一道清越的聲音加入進來，「庚少卿剛當上國丈，放著榮華富貴不享受，卻轉而去與端王合謀弒君，他瘋了嗎？」

李雲錫噎了一下。

幫腔的是爾嵐。她這陰陽怪氣的一句可頂他十句，順帶還扣死了端王的罪名不放。

李雲錫道：「就……就是。」

端王黨見狀不幹了，又有一人站了出來，「陛下，老臣上次去庚兄府上祝壽時，確實見過這名家丁。庚兄，你的家丁是怎麼弄到端王府的權杖的？這中間必有蹊蹺。」

庚少卿已經被嚇破了膽，踉蹌跪地道：「這……這……這……」

在場的擁皇黨見他這做賊心虛的表現，心下發寒。

那幾個端王黨未必真能記住區區一個家丁的長相，但他們敢在這關頭開口說話，就說明他們早已知道，這刺客確實和庚府脫不開干係，只需徹查下去，這口鍋就能扣到庚少卿頭上。

難道這新任國丈真的瘋了？

庾少卿方才一眼看見那刺客的臉，整個人如墜冰窟。家丁確實是他的家丁，但此人什麼時候成了端王的刺客，他竟全然不知。

然而，這話怎麼能說出來呢？說出來了，又有誰會聽那後半句？

說白了，今日這場面裡，最不重要的東西就是真相了。庾少卿在朝中本就根基極淺，混得左右不逢源，如今女兒飛上枝頭變了鳳凰，眼紅他的倒比巴結他的更多。看眼前這勢頭，這群人是早就商量好了要將他推出來做替死鬼的！

端王啊端王，到底從多久之前就開始算計他了？

幫腔的端王黨越來越多，庾少卿汗如雨下，愴然磕頭道：「陛下，老臣冤啊！這人……這人是端王派來的奸細！」

「哈哈哈。」那嘴角帶血的刺客頭目忽然笑了，「我就奇怪了，你們為何都覺得我是受人指使？庾大人，咱們兩個究竟是誰指使誰，你能不能說明白？」

庾少卿險些厥過去，「你在說什麼鬼話，我根本不曾——」

夏侯泊在心中冷笑一聲。被拱上了戲臺還想逃，也得問問老爺讓不讓。

刺客桀桀怪笑，伸手從懷中掏出一個染血的香囊，「你們方才搜身，怎麼沒搜出這個？」

暗衛：「……」

他們只會搜到需要搜到的東西。

那香囊工藝粗糙，紅豔豔的底色上，烏漆墨黑地繡了一男一女，共騎著一隻展翅的雕。

夏侯澹瞳孔微縮，下意識看向身側。他的貼身侍衛中，站著一道略顯瘦小的身影。

夏侯泊捕捉到他的目光一動，眼睛微微一瞇。

刺客道：「這香囊是誰繡的，想必皇帝陛下一定能看出來吧？」他得意揚揚地大笑起來，「老子今天橫豎逃不過一死，臨死也要說個痛快，免得被你們當作宮闈祕史壓下去了！」

昨夜。

夏侯泊將一個香囊和幾張信箋遞給他，「我說，你記。」

死士接過一看，信上是女子字跡，談不上娟秀，寫了些似是而非的情話——都是庾晚音在冷宮中唬端王用的。

夏侯泊道：「香囊你隨身帶著，信件你藏到庾府，等人去搜查。如今所有人都猜測庾后懷孕，皇帝廢了太子，是為了給她腹中的孩子讓道。但你被捕後要當眾招供，庾后腹中是你的種。」

「她在入宮前就與你眉來眼去，入宮之後還總是找你，與你珠胎暗結。沒想到事情被庾少卿撞破，你們便拉庾少卿一起商量，紙是包不住火的，不如趁著端王與皇帝反目，一不做，二不休，宰了那暴君。庾少卿借你一些人，你們埋伏在邶山，想著萬一失敗，就栽贓給端王。」

「沒想到被人認出，陰謀告破，你想著自己是活不成了，臨死也要嘲笑一番暴君。」

死士一一記下，卻又不解道：「殿下，皇帝真的會相信這番話嗎？」

夏侯泊道：「他信不信並不重要，重要的是，在場的文武百官都會聽見。」

如此一來，庾晚音永世洗不脫妖女之名，而夏侯澹若是悍然袒護她，也就成了色令智昏的昏君。

死士道：「萬一皇帝根本沒做防備，咱們一擊即中，直接送他去了西天呢？」

夏侯泊道：「那你就不招供了。就讓庾后腹中之子，成為夏侯澹的遺腹子吧。」

「……庾后並未真的懷孕。」死士提醒道。

夏侯泊笑了笑。

於是死士腦中轉過彎來：沒關係，夏侯泊掌權後，她自然會懷上的。將來孩子是幼帝，而夏侯泊是攝政王。

他們籌謀的一切，所求無非四個字：名正言順。

端王要的不僅僅是權力，他還要萬民稱頌，德被八方，功蓋寰宇。他還要君臣一心，勵精圖治，開創一代盛世。

所以他絕對不能背負著弒君之名上位。

他要當聖主，而聖主，總是值得很多人前赴後繼地為之而死。

死士在心中飛快地複習一遍臺詞，從容開口：「庚——」

他也只說出這一個字。

一聲炸響，他眼中最後的畫面，是皇帝對他舉起一個古怪的東西，黑洞洞的口子冒著青煙。

死士倒地，整個人痙攣數下，口吐鮮血，澈底不動了。

夏侯澹一槍崩了他，轉身就瞄準端王。

名正言順，誰不需要呢？他們隱忍到今天，也正是為了師出有名地收拾端王。但這一切有一個大前提：事態必須按照己方的劇本發展。

顯而易見，今天手握劇本的不只一人。

夏侯澹剛轉身，心中就是一沉，短短數息之間，他就瞄準不到夏侯泊了。

夏侯泊已經消失在禁軍組成的人牆之後，距離卡得剛剛好，隔著無數臣子與兵士，恰好站到了他的射程之外。簡直就像是……提前知道他手中有什麼武器一般。

而那些剛剛還包圍著端王的兵士，不知何時已經以保護的姿態將他擋住了。

上任不久的高統領面色一變，連聲喝止不成，氣急敗壞道：「你們想要反了嗎？」

沒有一人回答他。無形之中，在場的數千禁軍分成了兩撥，各自集結，互相對峙。

兩邊陣營中間，是手無寸鐵瑟瑟發抖的百官。

北舟耳朵一動，低聲道：「不只這些人。林中還有伏兵，應該是他囤的私兵，或是邊軍已經趕到了。澹兒，他根本沒指望用幾塊石頭砸死你，他的後手比我預想中多。」

到了此時，夏侯泊還在兢兢業業地大聲疾呼：「陛下！那刺客死前說了個『庚』字，陛下為何急著殺他？他手中那香囊是誰繡的，陛下難道不查嗎？」

大臣們早就縮成鵪鶉不敢吱聲。人群中，李雲錫梗著脖子想回敬一句，被楊鐸捷一把捂住嘴。楊鐸捷貼在他耳邊急道：「別說話，文鬥已經結束了。」

箭在弦上不得不發，一場惡戰終是無可避免。

夏侯泊道：「陛下為一女子，竟要不辨黑白，對手足兄弟下手嗎？那庚后究竟有何手段惑人心志，先前衝撞了母后也能全身而退，反倒是母后忽然橫死……」他突然望向那名矮小侍衛，「庚后，妳無話可說了嗎？」

那矮小侍衛渾身一震。

夏侯澹目不斜視，「讓他閉嘴。」

高統領一聲怒吼，直接定性：「拿下叛軍！」

與此同時，夏侯泊也喊出了名號：「除妖女，清君側！」

兩邊橫刀立馬對衝而去，一時大地搖顫。

困在中間的百官忽然被前後夾擊，一旁又是山壁，四面只剩一面出口，就是那片黑黢黢的山林。

李雲錫等人被人群推搡著奔向那山林，剛跑進幾步，又被逼退出來。

林中的伏兵出動了。

這些人方才隱在樹叢間，連氣息都掩蓋得幾不可聞，只有北舟這樣的絕世高手才能發現端倪。此時浩浩蕩蕩地殺出來，龐大的隊伍竟望不到盡頭。

為首一人一聲號令，將士齊齊拔劍，人還未至，那凌厲的煞氣已如黑雲壓頂，與一盤散沙的禁軍判若雲泥。

李雲錫罵了一聲：「邊軍……」

這般氣勢，只可能是沙場上刀口舔血練出來的。

這麼多邊軍，怎會出現在此？無論是從北境還是南境，他們一路奔赴此地，都城不可能連個警報都收不到。

唯一的可能是，中軍洛將軍或是右軍尤將軍回朝述職時，留了人手沒帶回去。他們從那時起就隱在附近，只等著端王振臂一呼。

這一變故顯然不在夏侯澹的預判之內。衝在他前面的那一半禁軍措手不及，一對上這群閻王，幾乎是瞬間就被衝破了防線，登時節節潰敗。

群臣鬼哭狼嚎，四散奔逃。

雖然兩邊都在乎名聲，有意繞開臣子，但刀劍無眼，仍舊嚇得他們連滾帶爬。

李雲錫在文臣中算是體魄健壯的，邊跑還邊拉起幾個絆倒的臣子。四下殺聲震天，遠處還有幾聲炸響，似乎是從皇帝那方向傳來的，他不知是何物，只知道聽起來甚為不祥。

忽然一聲馬嘶，一匹驚馬脫離了路線，朝著他們直直撞來。李雲錫眼明手快，一把推開一個蹣跚的老臣，自己就地一滾，險險避開馬蹄。

「李兄！」楊鐸捷躬著身靠過來扶起他，「沒事吧？」

李雲錫嗆著灰道：「不用管我，你們朝沒人的地方躲——爾兄呢？」

「沒看到！」

李雲錫急切抬頭，在人群中搜尋著爾嵐，目光掃過某個方向，瞳孔一縮。

楊鐸捷問：「李兄？李兄你去哪？」

李雲錫拔腿就跑，從刀劍叢中飛奔而過。

遠處被遺忘的山間小道上，有一道瘦弱的身影正在拚命朝上爬。在他的注視下，對方閃身躲到樹後。

爾嵐要摸到石壁上做什麼？李雲錫想起那巨大的落石，再一看兩邊人馬進退的方向，立即知曉了答案。

但這一節他們能想到，別人自然也能想到！

禁軍乍遇強敵，士氣頓消，本就是一群各自為營的牆頭草，如今鬥志一失，連陣形都開始潰散。

夏侯泊沒有上馬，他冷靜地隱在人牆之後，遠遠望著皇帝那頭，聽著不斷傳來的古怪炸響。但開火的卻不是皇帝。開戰之後，皇帝手上的武器就消失了。

或許是為了掩人耳目，那矮小侍衛並沒有躲在皇帝身後，而是與其他侍衛一道衝出來作戰。但「他」底盤不穩，腳步虛浮，明顯不是練家子。

打鬥片刻，「他」很快就左支右絀，不得不從懷中掏出那古怪武器自保。

夏侯泊看到此處，遙遙一指，「去將那侍衛拿下。」

此時那侍衛正彈無虛發，槍口下倒了一片，逼得餘人無法近前。

——如果夏侯泊沒有調查過邶山享殿裡的彈坑，沒有派死士觀察過庚晚音的武器形狀，他此時或許還真會束手無策。

夏侯泊一舉臂，六七個死士合圍而上，以身為餌，直衝著槍口而去。

侍衛果然手忙腳亂，倉皇開槍，剛擊斃兩個，冷不防一張大網從天而降，兜頭將「他」罩了進去。

侍衛猛烈地掙扎起來，然而死士們撲過去拽住網繩，合力一扯，大網猛然收緊，將其手腳牢牢困住，再也移動不了分毫。

侍衛倒在地上徒然扭動著身軀，被死士以刀抵住脖子才僵住不動。

確認「他」再也舉不起手臂後，夏侯泊才下令：「奪了她的武器，撕了她的人皮面具，把她吊到樹上給所有人看清楚。」

然後以她為質，讓皇帝鳴金收兵，乖乖回宮接受看守。

皇帝不能死在今天、死在這裡。他必須被妖后庚晚音迷惑心志，在宮中瘋魔而亡。

李雲錫氣喘吁吁道：「停下！」

爾嵐道：「別管我。」

「上面不可能沒人，妳去也只是送死。」李雲錫咬牙追去，卻總落她幾步，只能伸直了手臂試圖扯住她，「我去，我去總行了吧！」

爾嵐笑了一聲，「說什麼呢，李兄不想當股肱之臣了嗎？」

「我入朝就是為了死得名垂青史，別搶——我的——機會！」李雲錫飛撲一步，終於拉住爾嵐的手腕，用力一扯，將她甩到身後，「看你這細胳膊，至少我肉厚力氣大——」

「我是女子。」

「——推得動那石……」李雲錫的聲音戛然而止。

趁他如遭雷劈腳步一滯，爾嵐再度超過了他，「回去吧，李兄。我在朝中本就不成體統。」

石壁上的場面極其慘烈。

端王的叛軍步步緊逼，很快將夏侯澹的禁軍逼退到石壁下方。此時落石下去，就算砸不死皇帝，也能砸死一片禁軍。

端王的死士自然也想到了這一點，一開戰就衝了上來，想搶占巨石。

夏侯澹的暗衛留在此地看守，想放箭將其攔在半山腰。對面立即以牙還牙，亂箭如蝗。

戰到此時，巨石邊屍橫遍野，已經只剩三四個倖存的暗衛，還都受了重傷，靠著巨石的遮擋勉力支撐。

爾嵐剛冒頭就中了一箭，肩上劇痛，痛得她險些叫喊出聲。

她立即趴伏在地，死死咬著牙關，從近旁的屍身上扯下一副鎧甲，披到背上，朝著那幾塊巨石慢慢爬去。

暗衛忽然看見一個手無寸鐵的文臣獨自跑來，吃驚道：「你是何人？」

爾嵐道：「往下看看，端王的人到哪了？」

暗衛一愣。

爾嵐道：「我若是陛下，就會故意退得快些，引他們到石下。」

一個背上中箭、面白如紙的暗衛冒死探出身子，朝下望了一眼，又飛快縮了回來，「真的，現在底下都是端王的人，難怪他們這麼著急……」

他又朝來敵放了兩箭，但重傷無力，箭矢半途就已墜落。

暗衛語帶絕望道：「他們要上來了。」

他看了看仍在苦撐的同伴，深吸一口氣，轉身抵住巨石。

爾嵐爬到他身邊，與他一道用力，「一、二——」

山下，幾個死士上前，一人去掰那侍衛持槍的手指，另一人去撕人皮面具。

面具被撕開一角，露出底下的眉眼。

死士的動作驀地一頓，張口欲呼，網中之人卻猛然暴起，骨骼悶響幾下，身形暴長，剎那間扯碎了捆住自己的網！

兔起鶻落，幾息之間，死士全部倒下，露出本來面目的男人騰空而起，便如大鵬展翅，飛到不可思議的高度，對著人牆後的端王舉起槍。

他身周空門大開，地面上無數暗器朝他射去，他卻擋也不擋，逕自扣動扳機——

「砰！」

夏侯泊不得不躲。

他躲得快，對方的槍更快，彷彿預判了他的去向，「砰砰」兩聲連響幾乎沒有間歇！

夏侯泊剛踏地，就覺得什麼東西飛了出去。

半張臉上忽感潮濕，是他自己淋漓的血。

飛出去的是他的耳朵。

爾嵐與暗衛都負了傷，各自拚盡全力，竟只能將巨石推動幾寸。

她豁出去大喊一聲，用身體朝著巨石撞去。

巨石動了。

爾嵐心中一喜，這才發現身邊多了一個人。

李雲錫道：「一起。」

爾嵐道：「你會死的！」

李雲錫望了她一眼，眼瞳中燃燒著前所未有的豪情，重複了一遍：「一起。」

千鈞一髮之際，容不得猶豫，爾嵐再次喊道：「一、二──」

第四個人撞了過來。

楊鐸捷道：「一起。」

李雲錫：「……」

北舟身在半空逃無可逃，中了數枚暗器。他的身軀開始下落，電光石火間，又連開兩槍。

夏侯泊狗一般逃竄。他這次是真的拚了老命，衝出一段路，忽然心中「咯噔」一聲，下意識抬頭一望──

「轟！」

一聲巨響，所有交戰的將士不由得停了一瞬。

夏侯泊只剩上半身還露在巨石外面。他頑強地試圖往外爬，卻被牢牢壓住了腿，情急之下十指摳進了泥裡。

北舟落地，晃了晃，再度舉槍。

沒彈藥了。

人群中傳來一道厲喝：「接著上，拿下皇帝！」

出聲的是邊軍伏兵的頭領。端王一倒，他們本該群龍無首，但這頭領顯然積威甚重，當下一不做，二不休，接過了指揮權，「左翼，救端王！你們幾隊，去追庾后！」

叛軍知道開弓沒有回頭箭，今日不是勝利就是死路一條，當下越發不要命地朝夏侯澹撲去。又有一批人朝相反方向縱馬疾馳，要去另一邊城門找庾晚音。

北舟半身浴血地殺回夏侯澹身邊，只說了一個字：「撤。」

言罷不管不顧，揹起夏侯澹就跑。

夏侯澹猝不及防，掙扎道：「叔，等等，我不能就這麼——」

「我不管！」北舟強硬道：「這邊頂不住了，你還想不想活？走，皇帝不當了。」

第二十一章　吾妻晚音

爾嵐等人爭相上山的同時，庚晚音驀然驚醒。

她立即發現自己身在顛簸的馬車上，而夏侯澹並不在身邊。

昨夜夏侯澹答應與她共赴邶山，然後他們親熱起來。後來自己是怎麼睡過去的，她竟毫無記憶了。

「夏侯澹……」庚晚音咬牙切齒，掀開車簾朝外看去。馬車明顯已經出了城，外面卻不是官道，而是一條林間小路。一隊暗衛護送在側。

庚晚音道：「停車！」

無人理會。

庚晚音道：「快停下，陛下呢？」

暗衛開口了：「屬下有令在身，拚死護送娘娘，無論發生什麼都不能回頭。」

「別白費功夫了。」對面有人涼涼道。

謝永兒坐在她對面，無奈地看著她，「都出城半個時辰了妳才醒過來，看來蕭添采的迷藥還挺有用。」

庚晚音問：「夏侯澹把我弄進來的？妳也知情？」

謝永兒舉起手，「我可不知情，今天清晨我都要走了，他臨時把妳塞了進來。他故意瞞到最後一刻，就是為了確保無人洩密吧。唉，別生氣了，還不是為了妳？」

庚晚音從懷中摸出手槍。

她心裡全是糟糕的預感，「邶山那邊如何了？」

「這時不可能知道啊，總要等逃到別的城裡，喬裝打扮安定下來，才能找人打聽吧。」謝永兒聽起來居然心情不錯，「妳說我們會先去哪座城？」

庚晚音：「……」

「不好意思，我剛呼吸到自由的空氣，有點醉氧——」

謝永兒的語聲戛然而止。

下一秒，庚晚音只覺天旋地轉，整個人離座而起，耳邊傳來馬匹的悲嘶聲。

「絆馬索！」暗衛喊道。

庚晚音重重落地，眼前一黑。

箭矢破空聲。

打鬥聲。

暗衛倒地聲。

庚晚音揉著額頭坐起，身下居然變成了車壁，馬車整個翻了。謝永兒在她身側半趴著，緊緊捂著自己的胳膊，面色痛苦。

庚晚音悄聲道：「怎麼樣？」

「好像骨折了……」

一支箭破窗而入，擦著庚晚音的耳朵飛過，釘到車座上。

「庚后，要不勞煩妳自己爬出來？」遠處有人陰陽怪氣地喊道。

謝永兒猛地抬頭，「是木雲的聲音。」

木雲站得遠遠的，望著手下與暗衛搏鬥，「端王要妳，活的最好，死的也行。」

車內庚晚音再度伸手入懷，摸了個空。

木雲道：「自己出來吧，別逼我放火燒車。到時候妳燒焦了認不出臉，端王那邊我也不好交差。」

火光漸近。木雲還真不是說笑。

庚晚音慌忙四下摸索，越著急越是找不到那把槍。

一隻手按了按她的肩，「別急，慢慢找。」

謝永兒提高聲音：「真是遺憾，你堵錯人了。」

庚晚音吃驚地抬頭，謝永兒已經往窗口爬去。她伸手一拉，沒拉住。

謝永兒道：「想不到吧，車裡是我呢。」

她一爬出車廂就被人擒住，拖到木雲面前。

木雲愣了愣，不怒反笑，「我道是誰，這不是謝妃娘娘嗎？」

謝永兒雙手被反剪，還扯動著骨折處的傷，忍得冷汗直下，斷斷續續道：「你……反正也被罷免了，倒不如……跟我一道反了，反正端王……也不是良主。」

木雲陰惻惻道：「的確，我蹲守在這也只是孤注一擲，賭一把皇帝會送走庚后，再賭一把他們會選一條偏僻小路。我自詡洞察人心，日後也該是端王麾下第一人。如今卻要機關算盡，只為了換回他一絲垂憐，妳說，這是拜誰所賜呢？」

謝永兒極力調整語氣，安撫道：「你不明白……」

「當然是拜妳所賜啊！」木雲目露凶光。

謝永兒身後之人突然施力，按著她跪了下去。謝永兒痛呼一聲，緊跟著臉上就被連抽數掌。

木雲抽完了，欣賞一下她忍氣吞聲的表情，忽然大笑道：「妳真以為這點雕蟲小技，就能保住車裡的人？」

「你在……說什麼？」

「放心，你們都不會被落下的。」木雲抽出匕首，一邊刺下，一邊漫不經心道：「把車燒了。」

這是他留在世上的最後一句話。

接著是一連串炸響。

他停下手中動作，倉皇抬頭，只能看見由遠及近，自己的手下一個接一個倒下。

他的腦中迴響起被罷免之前聽過的話語：「享殿裡留下了幾個碗大的坑洞，不知是什麼武器打出來的……」

接著他就無法再思考下去了，因為那坑洞出現在他的腦中。

領頭的一死，餘人樹倒猢猻散，被幾個活下來的暗衛追上去解決了。

庚晚音飛奔向謝永兒。

木雲辦事很有效率，倒地之前，已經在她身上捅出幾個洞。

「沒事沒事，止血就好。」庚晚音雙手發抖，徒然地試圖堵住那幾個血窟窿，聲音都變了調，「蕭添采人呢？」

謝永兒笑了，「妳忘了嗎？他留在宮裡，換我自由。」

「我們回去，我們回去找他，妳再堅持一下……」

「聽我說，」謝永兒抓住她的手，「不要告訴蕭添采。他知道我死了，說不定會罷工。」

庚晚音急紅了眼，「閉嘴！」

北舟揹著夏侯澹一逃，禁軍鬥志全無，兵敗如山倒。

端王黨哪裡會任他逃走？此時也顧不上留活口了，暗器、箭矢如雨般落下，卻始終沾不上他們的衣角。

然而北舟渾身都在流血，飛奔片刻，步履漸漸遲緩。

夏侯澹看出他堅持不了多久了，開口道：「北叔，把我放下，你自己逃吧。」

北舟短促地嗤笑一聲，像是聽了個巨大的笑話，「天塌了我也不會拋下你。」

「我本就命不久矣。」

「胡說！只要不當這狗屁皇帝，你肯定能長命百歲，叔去幫你找藥……」

夏侯澹伏在他的背上安靜了一下，道：「我不是你的故人之子。」

北舟腳下未停，嘴上卻突然沒聲了，不知聽懂了沒。

夏侯澹道：「我不是夏侯澹，我只是借用這具軀殼的一縷孤魂。先前種種，都是我騙你的。」

「……」

「叔？」夏侯澹見他還不放下自己，語聲迫切些許，「你明白了嗎？我不是——」

「我聽懂了，你不是她的孩子。」北舟的聲音忽然嘶啞，彷彿整個人在瞬息之間變得蒼老，「但她也不會想看到你受苦的。」

他猛提一口氣，仰天長嘯，聲震山林。

「端王的人上來了。」爾嵐躲在剩下的一塊巨石後，望著身邊幾人，「能與諸君同日赴死，是我生平幸事。」

李雲錫滿臉糾結，最後彷彿痛下決心，握拳道：「爾兄，其實我——」

「哈哈哈，不如我們在此結義，來生再做兄弟！」楊鐸捷慷慨道。

爾嵐道：「妙啊。」

李雲錫：「……」

「好好活下去……把商業帝國搞起來。」謝永兒目光開始渙散，「別難過，我要回到……書外面的世界了。」

庾晚音的眼淚奪眶而出。

對於紙片人，哪有什麼書外的世界？

謝永兒道：「等回到現代，我就去妳的家鄉，嚐嚐妳說的……豆什麼……」

「豆汁。」庾晚音的眼淚一顆顆砸在她臉上，「還有炒肝、炸醬麵、烤鴨、燒花鴨、蒸羊羔……」

謝永兒在她的報菜名聲中緩緩闔上了眼。

大地在這一秒開始震動。

天選之女意外離世，這一方天地發出嗡鳴，山石震盪，搖搖欲墜，彷彿將轟然崩塌。

庾晚音緊緊抱住謝永兒的屍體，想為她擋去塵土與落木。

她腦中一片空白，只剩一個念頭：剛才自己為什麼沒能早點找到那把槍？

地震持續了整整一刻鐘，天地才堪堪息怒。

庾晚音仍舊茫然地坐在原地，直到暗衛將她拉起，「娘娘，咱們必須繼續前行了。謝妃的屍身，可否就地安葬？」

「……」

「娘娘？」

庚晚音深吸一口氣。眼前活著的暗衛只剩五人，還都負了輕傷。

她拍了拍自己的臉頰，強迫思緒重新運轉，「葬了吧。儘量把咱們的痕跡都抹掉，或者去別處也留下些痕跡，迷惑追兵。」

於是留下一人善後，剩下四人護著她繼續趕路。馬被殺了，他們只能步行，循著一條避開人煙的路徑越走越遠。

這一日夕陽西下時，庚晚音體力告罄。他們尋了處山洞過夜，不敢生火，翻出乾糧來分食了。

庚晚音只啃了幾口就沒胃口了，退到角落裡抱膝坐著，眼神發直。

今天發生了這麼多事，她腦中翻來覆去，卻只有兩個問題。為什麼昨夜沒看出夏侯澹在騙自己？為什麼沒能早點找到那把槍？

或許是因為她的狀態實在太糟糕，暗衛幾次三番偷看她，末了交頭接耳幾句，其中一人從懷中取出一封信，「娘娘。」

庚晚音慢慢抬眼。

「臨別時陛下留給屬下這封信，說要等平安脫險後再交給娘娘。屬下擅作主張，提前取出來了……或許娘娘會想讀。」

庚晚音一把奪過信，粗暴拆開，借著最後一縷夕照急急地讀了起來。

信上全是現代字，但寫得秀逸瀟灑，不是夏侯澹慣常給她看的字體，一筆一畫倒有些像是他昨夜寫的春聯。

第一行寫著「吾妻晚音」。

第二行是「我叫張三」。

吾妻晚音：

我叫張三。

想笑妳就笑吧，以前也常有人問我是不是買東西送的，才會叫這個名字。其實恰好相反，我爸媽對這名字極其滿意，覺得它如此不走尋常路，一定會讓我成為人群中最搶眼的仔。

事實也的確如此，我從小到大，沒遇到過一個撞名的。從小學到國中，我都是第一個被老師記住的學生。不過嘛，除了這個酷炫的名字，我倒是挺乏善可陳的。成績不好不壞，只有物理拿過兩次第一。至於英語，選擇題基本靠骰子吧。

哦，對了，我體育還不錯，運動會上老是被班裡逼去報名長跑。

讀到這裡妳可能會奇怪，我為什麼要拿國中的事說個沒完。

因為在我們那個世界，我沒有更後面的記憶了。

國三那年，我上課分心玩手機，被一個彈窗小廣告吸引進這本書裡（這個故事告訴我們，上課要專心聽講）。剛成為夏侯澹的時候，這傢伙的身體才發育到六歲。

爾來十六年又八個月矣。

這麼算來，我成為夏侯澹的時間，竟已經比當張三的日子還長了。最近兩年我有時會突然心生懷疑，「書外面」的世界是真的存在，還是我腦子生病而產生的妄想。畢竟，一個同時存在冷氣、網路、全民健保和阿司匹林的天地，聽起來確實越來越不現實了。

說來好笑，當初來到此地，我感覺自己陷入了一場無法結束的噩夢裡。可如今回頭去看，卻連國中的校名都險些想不起來了。前塵種種，反倒猶如華胥一夢。

直到妳問出那句「how are you」。

原來那一切是真的。原來我曾經有血有肉地活過，有過父母，有過朋友，有過未來。我是一個卑劣的人。妳在那一瞬間拯救了我，我卻在下一秒就制定了欺騙妳的方針。取得妳的信任，成為妳的同盟，讓妳手中掌握的劇本為我所用。只有這樣，我才能用最穩妥的方式取得勝利，讓太后和端王血債血償。

在妳面前，我不僅將過往盡數粉飾，連言行舉止都會刻意控制，努力扮演一個妳所熟悉的現代人。我不能讓手上沾的人血嚇走妳。

直到真的開始演張三，我才被迫一點一點地想起，自己離他已經多遠了。這些年來夜夜夢到魑魅魍魎將我拖下無間地獄，次數多了，也就習以為常。妳來一個月後，我忽然有一次夢到同學傳紙條，喊我下課一起衝去福利社。醒來時摔了幾副杯盞，只想讓四面宮牆內多些聲響。那一刻真恨不得一把火燒了一切，一了百了。

妳來得太遲了，晚音。這裡已經沒有等待妳的同類了。妳只能攤上一個瘋得時日無多的我。生而不為人，我很抱歉。

——妳剛才是不是看笑了？多笑一笑，妳最近太不開心了。

我說不清是何時愛上妳的。作為張三，喜歡妳似乎天經地義；作為夏侯澹，卻又近乎魔障。我只知道從那以後，我就更害怕露餡了。

溺水之人都祈求能抓住一段浮木。可當他們離岸太遠，註定無救，再死死扣住浮木，就只會將浮木也帶入水中。

我希望，至少可以不讓妳沾上血跡。我希望在這黑風孽海，至少有一個地方能讓妳睡個安穩覺。我希望晚一點面對妳驚懼防備的眼神。我最希望的，是看妳永遠灼灼似火，皎皎如月，永遠是最初那個無所畏懼、大殺四方的女孩。

如果妳暫時膽怯動搖，需要一個同類給妳力量，那我就扮演這個同類，一直做到死去的那一天。

我已經沒有故鄉了，妳就是我的故鄉。

——當時是這樣打算的。

可沒有想到，這一天會來得如此之快。我原本指望著能為妳帶走端王。明天我自當盡力，萬一我成功了，妳的擔子也能輕些。如果我失敗，妳就照著最後一張紙上寫的去做，應該也能逃出生天。

再之後的路，就要妳一個人走了。天涯路遠，江湖險惡，多加小心。

雖然對妳撒了許多謊，但這一句絕非虛言：妳是我這兩輩子見過的最厲害、最勇敢的人。妳一定會笑到最後，殺出一片山河清明來。

到那時，如果原諒了我，逢年過節就吃一頓小火鍋吧。就當我去陪妳了。

張三

除此之外，信封裡還有一頁寫滿字的紙，以及一個小東西。

庾晚音讀完最後一個字，天邊的夕照正好澈底消失。暗衛扯來藤蔓遮住山洞的入口，輕聲勸她早些休息。

她將信揣進懷中貼在胸口，和衣躺了一夜。

山中夜冷，她整個人從足心開始漸漸發寒，最後凍成了僵冷的石頭。她怕一睡不醒，睜眼默數著數，耳邊傳來暗衛換崗守夜的輕微動靜，以及遠處悲涼的狐鳴。

第二天清晨他們再次出發，尋了一處小溪，洗去身上的血污。

庾晚音身上穿的本就是布衣男裝，應當是夏侯澹為了方便她出逃幫她換上的。包袱裡還準備了她平時喬裝慣用的工具、備用的衣服、火石、匕首等必需品。

庚晚音對著溪水化了個妝，黏上鬍子，又站在岸邊點燃了信箋，望著它在火焰中蜷曲起來，化為星星點點的灰燼落入水中，隨波流遠了。

她用餘光發現幾個暗衛望著自己欲言又止，才恍然意識到，自己從昨夜讀完信一直到現在，一個字都沒有說過。

她清了清乾澀的嗓子，道：「你們傷勢如何了？」

暗衛紛紛道：「都是小傷，已經好了。」

「嗯。咱們得走到有人煙的地方，才能打聽都城的情況。」

暗衛見她神情如常，也沒再鬧著要回都城，都如釋重負，忙道：「屬下奉命保護娘娘，眼下情勢難測，但凡端王未死，他安排的三方邊軍仍會向此合圍，鎮壓禁軍助他上位。這三方人馬是從北、東、南三面過來的，屬下以為，趕在他們接上頭之前，可以尋一處豁口——」

「咱們向南。」庚晚音提起包袱，轉身出發。

暗衛愣了，連忙追上去接過她的包袱，「娘娘，南邊是右軍要來的方向。」

庚晚音目不斜視，「向南，去沛陽。這是陛下的意思。」

沛陽只是一座平平無奇的小城，地勢上也沒什麼稀奇之處。為何要去那裡，暗衛百思不得其解。

莫非夏侯澹在那裡布置了援軍？但若有援軍，昨天就該用上了，又怎會等到現在？

庚晚音諱莫如深，步履卻不停，「辛苦諸位，護送我前去吧。還有吃的嗎？」

她接過乾糧，邊走邊塞進嘴裡，逼迫著自己咀嚼咽下。

暗衛在她身後有些擔憂地對視一眼。他們不知道信的內容，也就不知道提前給她看信，會不會犯了錯。

沉默地趕路半日，前方出現零零星星的村落。

除了他們一行，路上沒有幾道人影，而且個個行色匆匆，神情如驚弓之鳥。

暗衛試圖朝村民搭話，村民們瞧見陌生人，卻反過來向他們詢問消息。兩邊都是一臉茫然，交換半天情報，只知道都城昨日大亂，血流成河；今日卻已封城，一片死寂。村民莫說是誰輸誰贏，連誰跟誰打都摸不著頭腦。

到了傍晚，庚晚音身上陣陣發冷，漸漸頭暈目眩走不動路。後知後覺地抬手一摸，燙的。

暗衛慌了，她卻無甚表情，「沒事，睡一覺就好。不能去客棧，會暴露行蹤的。想辦法找地方借宿吧。」

又走半里路，天色昏暗下去，前方一戶院門裡隱約有火光搖曳。

暗衛上前叩門，一個雙目紅腫的老嫗出來應門：「誰？」

暗衛賠笑道：「大娘，我們是去都城探親的，沒想到路上被人偷了行李，又聽說都城出了事，不能再向前走了。而今同伴又生了病，實在無法，只剩這點盤纏，想討口飯吃。」

說著遞進去一把銅錢。

老嫗嘆道：「進來吧，都是苦命人。最近村裡好多人家都被偷了，看來是有厲害的賊人……」

她念念叨叨地轉身朝裡走，暗衛扶著庾晚音跟了進去，才發現那火光來自院中一隻瓦盆。老嫗將他們引進屋，自己坐回盆邊，又往裡投了些紙錢。

暗衛道：「大娘，這是……」

老嫗背對著他們搖搖頭，嗚嗚咽咽地哭了起來。裡屋走出個老漢，低聲道：「她弟弟住在邶山邊上，昨日趕上端王造反，兵荒馬亂的，人不知怎的沒了。」

庾晚音的心突地一跳，嘶聲問：「端王造反成了嗎？」

老漢連連搖頭，「報喪的只說死了好多人，死的大多是禁軍，別的說不出來了。」

庾晚音眼前發黑，不由自主地晃了晃。

死的大多是禁軍……

不是禁軍內訌，就是端王藏了兵力。無論是哪種，夏侯澹都凶多吉少。

旁邊的暗衛連忙攙住她，「大爺，此時叨擾實在不該，但我們……我們兄弟病得厲害，可否煮碗麵給她吃？」

片刻後，幾人端著碗狼吞虎嚥，昏黃的油燈倒映在麵湯裡。

這農戶家境還挺殷實，庾晚音那一碗裡居然臥了顆雞蛋。她捧著碗喝了幾口熱湯，手抖得沒那麼厲害了，遲鈍的腦子勉強重新運轉。

如果端王贏了，夏侯澹有可能已經死了，也有可能被關在宮裡等死，以便端王平穩上位。他們只能祈禱是後一種。

老嫗燒完了紙，回到屋裡揩著淚罵道：「端王這殺千刀的狗東西，老天都看不下去，要拿地動收了他。」

「妳小聲點。」老漢壓低聲音道：「那皇帝又是什麼好東西？老人總說，君主無德才會地動！那暴君連太后都殺……」

庾晚音手中的筷子停了下來。

老嫗道：「太后一定是他殺的嗎？皇家的事，我們哪裡搞得清？」

老漢擺擺手，「老婆子，頭髮長見識短，不與妳說了。」

「我沒見識，我弟弟也沒見識嗎？」老嫗怒道：「他可說過，皇帝讓人均什麼……均田、減稅！還殺了好多狗官！」

庾晚音問：「狗官？」

暗衛詫異地瞥了她一眼，似乎希望她不要出聲。

老嫗卻一無所覺，掰著手指報了一串名字：「我弟弟說，這都是些魚肉百姓的大狗官，這些年，皇帝為民除了不少害啊。」

老漢拍了她一下，「名字都不知是真是假，別丟人現眼了。」

她的確說錯了幾個字，而且大官小官混在一處說了，這情報似乎來自都城街頭巷尾半真半假的風傳。天子腳下的百姓，都有這個愛好。

來了這麼久，庾晚音知道這些臣子有些是太后黨，有些是端王黨。但她從未費心調查過他們的背景，也不記得他們的名字是否出現在原作中。

說到底，她之前根本沒有關心過那「原裝暴君」殺了誰，只當是書中既定的名單。暴君嘛，肯定是要黑白不分錯殺忠良的。

或許連夏侯澹自己都不清楚，在她來之前，他殺對了多少人，又殺錯了多少人。

或許他也並不想面對確切的數字。

庾晚音驀地想起很久很久以前，夏侯澹與她對臺詞時，十分浮誇地說過：「我不過是個被蒙住雙眼、捂住雙耳的瘋王罷了，是忠是奸，還不是一本奏摺說了算？」

當時她只當他演得入戲，才能演出滿目的自嘲與蒼涼。

那老漢還在與老嫗爭論不休：「你可記得胥閣老……」

是了，胥閣老。

庾晚音想起胥堯死後，夏侯澹問她：「原文裡的胥堯是什麼結局？」

「好像一直跟著端王混，當了個文臣吧。」

夏侯澹當時沉默片刻，笑了笑：「所以，我們害死了他。」

那之後，他就不再詢問角色們原本的結局了。他毫不遲疑地推進計畫，生殺予奪，面無表情。他說：「妳以後如果必須除掉什麼人，告訴我，讓我去處理。」

他又說：「等我下了地獄再還他們的債。」

——他矢口否認紙片人有靈魂，卻相信一個紙片世界裡有地獄。

此時此刻，她倒寧願他不相信。

老嫗道：「……反正皇帝若是換了，咱家過不了現在這日子，你信不信？唉，這小夥子怎麼了？」

暗衛側身擋住庾晚音，硬著頭皮道：「許是有些擔心都城裡的親人。」

大娘念了句佛，起身又盛了碗湯給她。

吃完了麵，暗衛幫忙收拾碗筷。庾晚音不願讓人看出自己身分特殊，也跟著站起身來，腳下卻是一軟，撐著桌子才穩住身形。

那老嫗抬手摸她的額頭，「哎呀，燒這麼厲害，得找個郎中看看啊。」

庾晚音連忙攔住她，只說是趕路累倒了，想借宿一晚。

老嫗有些猶豫，那老漢卻不樂意了，「不是咱不厚道，可你們這麼多大小夥子，我家只有一張床，被褥更是不夠啊。」

暗衛又摸出點銅錢，「大爺，只要一床被子給病人打地鋪，我們剩下的可以打坐。」

老漢將老嫗拉到一邊，「誰知道他們從哪裡來的？妳忘了最近村裡好多人家被偷嗎？」

這一聲並未壓得很低，眾人都聽到了。

暗衛臉色變了變，瞥向庚晚音。

庚晚音蒼白著臉笑了一下，「既然如此，我們就不叨擾了，多謝二老的麵。」

她撐著一口氣朝門口走去。

就在這時，廚房的方向忽然傳出一聲幾不可聞的異響，似乎是窗扇被風吹得晃動了一下。

老夫妻一無所覺，暗衛卻神色一凜，無聲地比了個手勢。幾人之間無須言語，同時半途急轉，直奔廚房而去。

老漢道：「欸，你們想幹什麼——」

庚晚音詫異回頭，藏在袖中的手握住了槍。

廚房裡一陣騷亂，夾雜著幾聲陌生的痛呼。暗衛又出來了，幾人合力抓著一道不斷掙扎的矮小身影。

暗衛道：「這人方才翻窗爬進廚房裡，被我們抓了個現行。」

被抓的人身材矮小如猴，蓬頭垢面，一雙因為消瘦而凸出的眼睛惡狠狠地瞪著他們。

庚晚音被其目光掃過，像是被針扎了一下，渾身泛起一股莫名的不適。

他手中還緊緊抓著一個包袱，被暗衛奪來一打開，錢袋、玉佩、臘肉等物五花八門攤了一桌。

老嫗道：「啊，那是我家過年的肉！」又湊去細看，「這玉佩瞧著似是老王家的？」

那小偷猛然撒潑似的號叫起來，聲音嘶啞尖銳，卻被暗衛死死壓在地上動彈不得。

老漢：「……」

前腳剛說客人是賊，後腳就看客人捉賊。老漢漲紅了老臉，囁嚅著對幾人賠不是，被庚晚音溫聲勸住了。

老夫妻倒也淳樸，為表謝意，當即收拾出熱水被褥，給庚晚音留宿用。又請暗衛幫忙捆了小偷，丟進後院柴房，準備等天明再去報官。

庚晚音喝了碗姜湯，兩日以來終於第一次躺進被窩裡，幾乎是一沾枕頭就昏沉睡去。

沒睡多久，卻感覺到有人在拍自己。

屋裡已經熄了燈，老夫妻回房睡了，幾個暗衛在她的地鋪旁邊靠牆打坐。

拍她的正是暗衛，「請娘娘恕罪，方才屬下將那竊賊綁去柴房的時候，他掙扎的動靜太大，引來了一些村民。那老漢還歸還了鄰居的失物，眼下五六戶人家都知道我們在此。」

陌生來客身手不凡，一來就捉住了小偷——這種新聞天一亮就會傳遍村裡。

他們不住客棧，本就是為了隱匿行蹤。現在多了這一齣，暴露的可能性會成倍增長。

暗衛將聲音壓得更低：「娘娘，殺嗎？」

庚晚音燒得腦子發昏，思緒慢了半拍，愣愣地看著他。

暗衛道：「趁著天黑殺了這幾家人，還來得及嫁禍給竊賊，抹去我們來過的痕跡。」

庚晚音下意識道：「不行。」

過了幾秒她才理清思路，「我們現在就走，儘快去沛陽。」

她試圖支起身來，只覺全身關節都生了鏽般痠軟無力。

暗衛按住她，「娘娘歇息一陣吧。」

庚晚音也知道自己這個狀態，強行趕路也只會拖後腿，「兩個時辰，兩個時辰後叫醒我。」

但她沒能睡足兩個時辰。

深夜，馬蹄聲入夢，她在睡夢中陷入一場無休無止的殺戮。彷彿回到邶山腳下，眼睜睜地望著叛軍將夏侯澹淹沒。千刀萬劍加身，轉瞬間將他劈出森森白骨，他卻猶如感覺不到痛，目光越過人群朝她望來，沉寂而溫柔。

他遙遙做了一個口型：跑。

庚晚音一個激靈，強行將意識拽回現實。

馬蹄聲是從大地裡傳來的。幾息之後，全村的狗都高高低低地吠了起來。

身旁的暗衛扶起她，又抓起包袱，在昏暗中指了指房門。

村口的方向響起一道男聲，似乎運足了內力，在靜夜中傳得老遠：「哪家有形跡可疑者上門借宿，速速上報，賞銀十兩——」

隔了幾秒，又喊了一遍。

庾晚音在心中罵了一聲。

外面喊到第三遍，庾晚音已經將院門推開一線，忽聽附近幾家的大門「吱呀吱呀」連聲打開，數道細碎的腳步聲直奔村口而去，顯然都對那十兩賞銀志在必得。

她在心中罵了第二聲，轉身道：「從後院逃！」

形勢不容猶豫，幾人迅速奔向後院，繞過屋舍時，只見老夫妻臥房的窗已經透出了燈光。

暗衛腳步不停，當先飛身越過後院的柵欄，又回身來接庾晚音。

上百人的腳步聲逼近過來，熊熊火光已經照到了前門。

暗衛揹負起庾晚音，拔腿狂奔。

老夫妻家在村子邊緣，屋後不遠處就是一片樹林，黑暗中卻看不清這林子有多大、延伸向何方。

寒風劈面，庾晚音瞇起眼睛，正要指揮暗衛往林中躲，眼角餘光裡忽然閃過一道黑影。

她定睛望去，那身影也剛翻出後院，正朝另一個方向逃竄，背影矮小如猴，瞧著分外眼熟。

那小偷居然逃出了柴房。

小偷邊跑邊扯著身上的繩索，撞見他們也是一僵，隨即「刺溜」一聲就跑得沒影了。

黑暗中只能看見他消失在鄰居家後頭的一條窄道。

庚晚音心念電轉：這小偷能在村裡行竊這麼久，說明之前從未被抓住……

老夫妻的屋子裡一陣喧鬧，傳出一聲斷喝：「分頭去搜！」

與此同時，庚晚音也下了決斷：「跟上那小偷！」

暗衛鑽入那窄道，恰好看到小偷的背影再度消失在前方。他們加速追了上去，在同一處轉角急轉。

小偷：？

小偷亡命奔逃。

暗衛窮追不捨。

小偷選的路線果然極其刁鑽，顯然對全村地形瞭若指掌，翻圍牆、爬狗洞，身形又滑溜如泥鰍，饒是暗衛目力過人，好幾次也險些被甩脫。

小偷半路一個急停，轉過身來氣急敗壞地瞪著他們，當場提起衣服一陣亂抖，示意身上已經沒有贓物，完全不明白為什麼要這樣大張旗鼓地追拿自己。

庚晚音道：「不是追你，別愣著，快帶路！」

小偷：？？？

身後大呼小叫聲再度逼近過來，小偷反射性地轉了個方向，又跑出一段，忽然反應過來，後頭那群追兵的目標根本不是自己。

敢情自己真的是個帶路的。

小偷險些氣瘋，背對著他們眼珠子一轉，再度轉向。

追兵這一番鬧騰，將全村人都吵了起來，家家戶戶亮起了燈火，不時有人推開門窗探看。

揹著庾晚音的暗衛突然低喝：「你在往哪跑？」

原來小偷帶著他們兜兜轉轉，竟是繞了個圈子，迎頭撞向了追兵！

見被識破，小偷猛地一矮身，就想開溜。

暗衛撲過去抓他。

身後火光閃爍，有人高呼：「看到影子了，這邊——」

暗衛道：「分頭。」

四名暗衛斷然散開，兩人護著庾晚音，剩下兩人另擇他路，故意往顯眼的方向奔去。

暗衛抓住小偷，「喀啦」一聲捏碎他的手腕，又將他的痛呼捂了回去，狠狠道：「敢耍花招，先死的一定是你，聽懂了沒？」

小偷渾身發抖，屈辱地點點頭。

跑開的那兩人引開了追兵，身後的人聲逐漸稀疏。

小偷越逃越偏，最後翻進一戶人家的院落。庾晚音猶豫了一下，還是示意跟進去。

這家沒有亮燈，後院一片荒蕪，野草橫生，不像是有人居住的樣子。那小偷迅速俯身爬進半人高的野草叢裡，竟然消失了身形。

暗衛放下庾晚音，跟過去看了看，轉頭低聲道：「地洞。」

三人不敢耽擱，全部爬了下去，又扯動野草遮住了入口。

這地洞極小，原本的用途未知，也有可能本就是小偷挖出來讓自己藏身用的。眼下多了三個大活人，頓時擁擠得轉身都困難。

那小偷早被暗衛拿匕首架住了脖子，抵在最角落裡，大氣也不敢出。

過了片刻，有人聲漸近。

一小隊追兵搜尋到此處，胡亂翻弄起後院。庾晚音將槍握在手中，屏住呼吸等著。

頭頂有人交談：「應當不在這一塊，他們都往樹林追去了。」

「那村婦不是說是幾個男人嗎？我看又要抓錯人了，這都第幾個村了？」

「沒準是喬裝呢。」

「嗐，臭娘兒們真會逃啊。上頭那位說只要抓住，死活都可以，要是落咱們手裡了，不如先讓兄弟們嚐嚐那皇……」餘下幾字隱去了沒說，只留下一陣竊笑。

凌亂的腳步聲落在他們幾寸之外，又漸漸遠去。

又過半晌，確認人都走遠了，庾晚音繃緊的身體才一點一點鬆弛下來，打起了細小的擺子。

她高燒未退又折騰這一遭，只覺眼冒金星，貼著洞壁慢慢滑坐下去。

她原本還抱著最後一絲僥倖，希望來的不是端王的人。然而聽完方才的對話，局勢算是澈底明瞭了。

都城裡如今是端王掌權。

夏侯澹呢？還有可能活著嗎？

暗衛解了外袍披到她身上。

庾晚音道：「多謝。」她抖著手裹緊外袍，「方才分開的那兩位兄弟——」

「應該會藉著林木遮掩，耗死一批追兵。」暗衛語聲平靜，「他們會在被俘之前自盡，不會留下線索的。」

出發時護送她的二十人，如今只剩兩人。

庾晚音沉默片刻，道：「是我的錯。」

她留下了那五戶村民，卻葬送了兩個暗衛的性命。

暗衛驚了一下，想找話勸慰她，庾晚音卻突然問：「你們叫什麼名字？」

從穿來那日開始，她一直在迴避這個問題。因為按照原作，這些年輕人都是要死的。

她不想知道他們的名字，彷彿只要他們保持面目模糊，她就可以少背負一份債。

暗衛道：「屬下是十二，他是四七。剛才走的是六五和……」

庚晚音道：「真名。」

「屬下沒有真名。陛……」暗衛顧及小偷在一旁，臨時改口，「主人說，我們領到編號的那天，他已將我們的真名刻在了墓碑上，從此前塵盡去，不得再提。」

庚晚音抱膝坐著，將臉埋入膝蓋間。

這茫茫世間，有一個人能洞見她的所有痛苦。

當她踽踽獨行，才發現每一步都踏在他的腳印上。那伸手不見五指的漫長前路，他已不知走出多遠，以至連背影都尋不到了。

地洞裡鴉雀無聲，只有那碎了腕骨的小偷粗重的呼吸聲。

庚晚音嗓子發緊，再次堅持道：「真名。」

暗衛頓了頓，似乎笑了一下，「屬下是十二。」

一旁的四七在低聲逼問那小偷逃出村莊的路線，半天問不出一句話。他匕首一劃，小偷吃痛，帶著哭腔「啊啊」地叫了起來。

四七道：「原來是個啞巴。」

庚晚音道：「搜他的身，他剛才能逃出柴房，身上應該還藏了工具。」

窸窣一陣，四七搜出一枚刀片，還有一個新情報：「……是個女啞巴。」

第二十二章　故人重逢

林玄英率軍一路殺向都城，頭一日還遇到些阻撓，被他們以摧枯拉朽之勢碾壓了過去。從第二日開始，所遇反抗消極到可以忽略不計，有些州府甚至未戰而降，大開城門任由他們過路，只求早些把這些凶神送走。

很快他們就得知了原因。都城大亂，皇帝「忽染重疾」，如今是端王攝政。而端王宣稱妖后庾晚音弒君未遂，正在四處張榜抓捕她。

與此同時，新的密信飛到林玄英手中。

他匆匆掃完，順手撕了，「端王又來催了，還讓我們沿路盯著點，幫他抓人。」

手下皺起眉，「奇了怪了，端王若是已經大勝，何必如此著急？」

莫非，他還遇到什麼未知的難題？

林玄英催馬前行，瞇了瞇眼，「你們是盼著他贏，還是輸？」

那年輕的手下一愣，忙道：「屬下只效忠於副將軍一人，副將軍要殺誰，我等便殺誰。」

林玄英搖著頭笑了一聲，又問：「都練好了？」

手下嚥了口唾沫，「練好了。」

林玄英一夾馬腹，「那就趕路吧。」

天邊泛起魚肚白時，村裡已經沒了追兵的動靜。

十二爬出去查探了一番，回來彙報道：「人都走了，但還有幾個村民不死心，在四處徘徊，大概想抓我們去換懸賞吧。」

庾晚音清了清嗓子：「喂，這位……姑娘。」

借著微弱的天光，她能看到啞女小偷睜眼朝自己望了過來。

庾晚音道：「沛陽離此地不遠，妳去過嗎？」

她見此人居無定所，應當是到處流浪行竊為生，心下打起了主意。

啞女半天沒動靜，直到四七又舉起匕首，才戒備地點了點頭。

庾晚音儘量讓聲音顯得和善，「我們要趕去那裡，需得走小路避人耳目。妳若能帶路，自有豐厚報酬，讓妳從此不必再偷。怎麼樣？」

啞女還是沒反應。

四七道：「還是妳想死在這裡？」

庾晚音連忙唱紅臉，「放下匕首，好好說話。」

兩人一個威逼一個利誘，說了半天話，忽聽「咕嚕」一聲，有人的肚子響了。

啞女：「……」

她緩緩伸出手，做了個討飯的動作。

庾晚音慈祥一笑，「咱們還有乾糧嗎？拿給她吃。」

片刻後，啞女帶著他們無聲無息地溜出村莊，朝南行去。

啞女選的路線已經儘量避開了人煙，但仍有一座小鎮擋在半路。庚晚音擔心遇見昨夜的追兵，臨時幫自己和兩個暗衛都變了裝。她這次扮作一個老婦。

結果鎮裡的陣仗比她想像中更驚人。

街道上貼滿了一張張通緝令，她的畫像迎風飛舞，上頭還寫著「狐妖轉世」「禍國殃民」等大字。還有幾隊兵馬輪番巡視，為首的高呼著：「見到形跡可疑的男子或女子，都來上報，重重有賞！」

啞女領著他們七彎八拐避過巡查，遠遠地聽了幾遍這高呼聲，忽然回頭，若有所思地瞥了庚晚音一眼。

跟在後頭的十二低聲道：「娘娘小心此女。」

「嗯，她可能會出賣我們換賞金。」

庚晚音連續走了三天路，雙腳已經磨出水泡。身體一陣陣發冷，她自知到了強弩之末，咬牙沒有聲張，但步履仍是不可避免地越來越慢。

她眼望著前方，「盯緊一點，必要時殺了她。」

結果，或許是感覺到身後的殺氣，自認無法逃脫，那啞女變得異常老實，悶頭乖乖帶路。

即將離開鎮子時，她突然從幾人的眼皮子底下消失了。暗衛大驚，正要追尋，啞女竟然去而復返，卻是坐在一架驢車上。

庚晚音問：「……妳偷的？給我用的？」

啞女翻了個白眼，打手勢催促他們趕緊上車，趕緊跑路。

有暗衛盯著啞女，庚晚音終於在車廂裡躺了下來，得以緩過一口氣。

身體疲乏到了極點，神經卻緊繃著，大腦仍在拚命運轉。

端王這抓人的誇張架勢，仔細一想倒有些可疑。

按理說，自己一介女流，又無兵馬，又沒有真的身懷龍種，短期內根本翻不了天。端王剛上位，理應把全副精力用於穩定都城的形勢，為何反倒將這麼多人馬往外派，來搜捕一個微不足道的她？

除非……

那一絲行將消失的微末希望，又重新升起。

如果他在搜捕的不僅僅是自己呢？

鎮中追兵喊的是「形跡可疑的男子或女子」，為何非要強調男子？是怕自己喬裝打扮，還是——他們原本的目標就有男有女？

夏侯澹逃出來了嗎？

這與其說是她的推測，不如說是她的祈禱。

如果還能再次站到他面前……自己第一句話會說什麼呢？

想著這個問題，苦澀的平靜如夜雪般緩緩飄落，將她覆蓋。在這亡命路上，她奇跡般地沉睡了片刻。

到了驢車無法通過的野地，一行人再度下車步行。

庚晚音真心誠意地對啞女道了謝，又讓暗衛處理她手腕的傷。為表誠意，還提前掏了把碎銀遞給啞女，當作預付款。

啞女捧著錢，露出了相識以來的第一個笑。

她投桃報李，入夜又摸去沿路的農戶家，偷了輛牛車。

庚晚音：「……」

如此幾番更換交通工具，終於在翌日傍晚有驚無險地趕到了沛陽城外。

不出所料，城門口也有守軍拿著通緝令，細細盤查進城的百姓。而且這一批守軍氣勢森然，一個個站得筆直，冷面帶煞，宛如閻羅再世。

十二眼皮一跳，「那些人穿的是邊軍的甲衣。」

這沛陽城豈止是淪陷，儼然已經被邊軍全面接管了！

可是這邊軍占著沛陽城，為何還要開放城門，供百姓出入？難道指望用這種方式抓到通緝令上的皇后？

他正想著，就見庚晚音排入了進城的隊伍。

十二：「……」

他低聲提醒道：「娘娘，要是進了城，被人甕中捉鼈，咱們就真的無路可逃了。」

庚晚音道：「放心吧。」

她從袖中取出一樣東西。這便是夏侯澹信封中的那個小東西，被她藏了一路，此時才往頭上插去。

十二問：「這是……」

「信物。」

庚晚音舉步向前走去，囑咐了一句：「等下別動手。」

城門口的兵士將庚晚音從頭打量到尾，揮揮手放行了。

庚晚音佝僂著身形，由十二攙著，剛走出幾步，就聽身後那兵士又道：「站住。」

十二和四七下意識便要出手，庚晚音卻沉聲道：「都別動。」

她緩緩轉身，與那人對視。對方面帶探究，庚晚音則巋然不動。

對方頓了頓，道：「請隨我來。」

餘人被留在原地，那兵士單獨帶走庚晚音，一路將她帶到了知縣府邸。

原本的知縣不知躲去了何處，這富麗堂皇的府邸已經被鳩占鵲巢，由邊軍層層護衛起來。

書房內燈火通明。

林玄英歪坐在太師椅上讀著軍報，忽聽門外一聲通報：「副將軍，人找到了。」

他抬眼掃了庚晚音一眼，漫不經心道：「人帶進來，你們退下。」

房門關上。

林玄英丟開軍報，起身走到庚晚音面前，定定地望著她做過偽裝的臉。

庚晚音笑了笑，抬手取下頭上搖晃的東西，遞給他看。

——一枚銀簪，雕成飛鳥振翅的樣子，末端垂落下來的卻不是穗子，而是兩根長長的雲雀羽毛。

林玄英的眼眶瞬間紅了。

庚晚音道：「……阿白，別來無恙？」

眼前這個人與她記憶中的「阿白」有微妙的不同，雖然臉還是那張臉，卻像是忽然卸去了少年的偽裝，露出了青年的樣貌。

他的眼瞳依舊如故，越是在暗處越是亮得驚人，像淬過火的琉璃。只是配上這一身裝扮，那雙清冽的眼睛就無端帶上幾分凌厲。

庚晚音一時拿不準該用什麼語氣與對方說話。

夏侯澹在信中告訴她沛陽有援軍，但或許是擔心信件被截獲，並未直言阿白的身分。

她拿到髮簪時就猜測阿白應該是混在軍中，但沒想到這傢伙搖身一變，竟成了帶隊的老大。

說好的江湖少俠呢？初見時那一身肆意妄為、無法無天的氣質，難道還能偽裝出來不成？

夏侯澹完全清楚他的底細嗎？自己能完全信任他嗎？就算他是友非敵，這滿滿一城將士呢？

她剛想到此處，林玄英就一把握住她的肩，「活著就好、活著就好……」

庾晚音穿越以來還從未如此狼狽過，身上都漚出味了。林玄英卻像是渾然不覺，那熟稔的語氣又與阿白一般無二了。

庾晚音愣愣地瞧著他，一瞬間回想起冷宮後院裡的流螢和西瓜。無數疑問同時湧向喉頭，一時竟哽住了。

林玄英卻根本不給她機會，按了按她的脈，眉頭緊鎖，「妳病了？」

「不礙事。」

「不行，這樣要落下病根的。」林玄英不由分說轉身喚人。

軍中沒有侍女，來了幾個兵士，被林玄英打發去燒水煮藥。片刻後他們將庾晚音帶到一間備了浴桶的客房，略行一禮便低頭離開了，全程未曾朝她打量一眼。

這分明是一支紀律森嚴的隊伍。

話又說回來，不管來者是誰，此時若想要她的命，根本無須費這麼大周章。

庾晚音顧不得其他，轉身鎖上房門，默默泡了個藥浴，洗去一身的泥垢與血污。

浴桶邊放著一套乾淨的男裝。她換上衣服，正要四下勘察一番環境，就響起了敲門聲。

林玄英隻身站在門外，手中端著一碗藥，「快去被窩裡坐好。」

他自己坐到床沿，舀起一勺藥汁吹了吹，「自己喝還是我餵妳？」

庾晚音想了想，接過去仰頭一口悶了，「多謝林將軍。」

林玄英一頓，苦笑了一下，「我想著不搞清楚情況，妳一定不肯睡。來吧，妳問，我答。」

庾晚音：「……」

既然他開門見山，庾晚音也就單刀直入了，「你是林將軍，還是阿白？」

方才泡澡的時候，她心中忽然想到一個新的可能性：真正的林玄英已經被處理了，眼下是阿白在假扮他。這就可以解釋他突兀轉換的身分。

卻聽對方道：「我是林玄英。」

見庾晚音滿臉不解，他咧嘴笑出一口白牙，「玄英即墨黑，阿白是師父幫我取的諢名。妳看我的膚色，妳覺得我爹娘跟我師父誰更缺德？」

庾晚音更迷惑了，「這麼說來，你確實是江湖出身？但你剛出師，怎麼就當上了副將軍？」

林玄英咳了一聲，眼神飄忽了一下，「這個嘛……」

就在這兩秒間，庾晚音自己想明白了，「哦，因為你並不是剛出師。」

這一刻，庾晚音回憶起很多事。

阿白第一次出現在她面前，正是尤將軍回朝述職時。

阿白對燕國與羌國瞭若指掌。

阿白當時就對她說過：「我知道好多東西呢，我還殺過……」卻被夏侯澹打斷了。

阿白曾經提議將汪昭塞進右軍，由自己護送他出使燕國。但夏侯澹拒絕了，只讓他留在崗位上。儘管如此，最後汪昭仍是取道西南離開的。

阿白陪他們演完一場戲，又在尤將軍離開都城的同時匆匆消失，只說陛下布置了別的任務——當時她還疑惑過夏侯澹為何如此信任他。

她有種恍然大悟之感，「我們的初見，其實不是你與陛下的初見吧？你們認識多久了？」

林玄英撓撓頭，「這就涉及一些不能說的隱情了。」

「如果你指的是陛下的過往的話，他留了一封信，都告訴我了。」

林玄英詫異地睜大眼，「他居然告訴妳了？他一直千方百計瞞著妳，就怕嚇跑妳。」

提到夏侯澹，兩個人神情都有些沉重。

林玄英瞇著眼睛回想了一下，「五年前——現在是六年前了吧，家師無名客起了一個天卦，算出有異世之子到來，將改變國運。他本想親自出山輔佐，但那一卦窺破天機，使他元氣大傷，不得不閉關休養。於是他派我出師，找到了陛下。」

「陛下當時說，他在宮中已經培養了一批忠於自己的暗衛，我護在他左右的意義不大。但他急需掌握兵力，否則手中沒有底牌，無論如何周旋都弄不倒朝中的敵人。」

林玄英就此混入了右軍。

之所以在三軍中選擇右軍，一是因為右軍與端王關係最遠，二是因為領頭的尤將軍最為草包，根本無力管控軍隊。如此一來，他們的小動作也不容易引起端王的警覺。

想要真正掌控數萬兵馬，僅靠一枚兵符是做不到的，武力值與威望缺一不可。

這事急不來，只能花費數年徐徐圖之。

好在林玄英原本就身手高強，經過一場又一場大大小小的戰役，逐漸嶄露頭角，憑實力收服了人心。他與夏侯澹一明一暗，用盡手段，在各方勢力的眼皮子底下架空了尤將軍，成了右軍實際上的領導者。

「到去年，我們準備得差不多了，打算將整個右軍肅清一遍，然後就開戰。雖然依舊沒有必勝的把握，但出其不意，攻其不備，就算死了，至少也能一波帶走太后和端王——這是陛下的原話。但就在那時，」林玄英笑了笑，「妳出現了。」

林玄英第一次聽說庾晚音，還是出師之前。無名客算出夏侯澹的同時，也算出還會有另一個異世之人即將到來，只是不知在何時何地。這兩人之間有許多因果纏繞，至於是良緣還是孽緣，卻似霧裡看花，無從勘破。

後來他問過夏侯澹此事。夏侯澹彷彿突然想起似的，輕描淡寫道：「說起來是有這麼個人。」

林玄英道：「……這麼大的事，你怎麼一副差點忘了的樣子？」

那少年君主低著頭，似乎是嘀咕了一句：「怕是不會來了吧。」

之後的幾年間，他們再也沒有提起這一事。

就在林玄英自己都快要忘記時，夏侯澹的密信裡忽然多了一個名字。

雖然同為異世之魂，這個神祕的庾妃卻與夏侯澹截然不同。

他們原本的計畫一言以蔽之，就是玉石俱焚。而她卻一上來就要布很大的局、繞很多的彎，只為精打細算，犧牲最少的人。販夫走卒、布衣黔首的每一條性命，對她來說都金貴得很。

林玄英很是抵觸。

這種不食人間煙火的善男信女，他可見多了。沙場上一將功成萬骨枯，若都像這般婆婆媽媽，早就死八百回了。而且局勢瞬息萬變，如此拖下去，恐怕連最後的勝算都會成為泡影。

但夏侯澹對她的天真夢想照單全收，廢掉了己方已有的計畫，命林玄英退而蟄伏。

有那麼幾天，林玄英在認真考慮撂挑子。

後來林玄英回了一趟都城，終於見到庾晚音本尊。

他理解了她，卻也看輕了她。

她當時喬裝成布衣，卸去了妖妃妝容，站在常年黑霧繚繞的夏侯澹旁邊，那麼輕盈，那麼美。像一隻小小的雲雀，身陷在狂風暴雨裡。

她明顯不屬於那座深宮，而應該泛舟天地之間，當一個了無牽掛的江湖兒女。

林玄英去勸說夏侯澹放她自由時，想過對方或許會暴怒，會拒絕。結果夏侯澹的回答超出他的認知。

「她有她的抱負。」

再後來的發展更是顛覆了他的想像。

庾晚音那個發夢似的計畫一步步地成功了。

都城裡神仙打架，幾輪翻覆；都城之外四海波靜，天下太平。在邊陲之地的傳說中，皇帝是突然得了天道眷顧，不費吹灰之力化解了戰事與災禍。

誰又能猜到這天道姓庾？

庾晚音聽到此處，心底一個巨大的疑團終於解開了。

庾晚音道：「跟圖爾和談前夕，陛下還說會借兵給他除去燕王。我一直沒明白他哪來的兵出借！他說是阿白，我還傻不愣登地問他，阿白單槍匹馬怎麼能行。」

林玄英忍不住笑了，「那確實不行。我借了一批精銳兵馬給圖爾，為免引起注意，數量其實不多。好在圖爾爭氣，一回燕國就接應上自己的人。」

他百感交集地看著她，語聲中有幾分不為人知的傷懷，「我錯看了妳，陛下卻沒有。妳剛來時他就說過，妳當然是這樣的人，因為在你們的來處，每條命都是命。」

庾晚音許久沒出聲。

她剛讀完那封信時也曾想過，夏侯澹在那漫長而不見天日的歲月裡，多半是已經放棄了吧。所以自己穿來時，才會見到這樣一個百孔千瘡的世界，以及一個與暴君無限接近的他。

原來不是的。

如果他沒有慘澹經營出林玄英這張強大的底牌，自己即便手握劇本，也只能處處受制、舉步維艱，最初的設想都會成為鏡花水月。

她幾乎無法想像，一個開局就身中劇毒的國中生是如何撐下來的。恐怕他自己並不想弄清楚，活下來的這個玩意究竟是人是鬼。恐怕在她到來之後，每一次關於過往、關於身分、關於紙片人的對話，都是萬箭穿心。

儘管如此，他幾乎是剛打一個照面，就將一切押給了她。

庾晚音一開口才發現自己的聲音有些顫抖，「有他的消息嗎？」

林玄英搖搖頭，「我們約定過，如果他活著出來，就在沛陽會合。我一路趕來接管了此地，就是為了等你們，結果只等到了妳。端王那廝倒是宣稱皇帝忽染重疾，在宮內養病，但真假未知。都城裡現在沒有任何消息，我的探子還在找門路。」

他站起身，拍了拍庚晚音，「睡吧，我去安置妳帶來的那三個人。明日一早，給妳看個好東西。」

庚晚音不解道：「……啊？」

林玄英已經關門走了。

也不知林玄英是不是故意留了個懸念，吊得庚晚音輾轉反側，卻也使她的情緒不至於跌入深淵，最終迷迷糊糊睡去時，心裡還對他口中的「好東西」留了一線希望。

天亮之前她又自動驚醒過來，一瞬間以為還在逃亡途中，猛地翻身坐起，對著客房華麗的掛畫發呆。

門外有兩個護衛在值崗，待她自己更衣梳洗後，才敲門送入了早膳。

庚晚音食不知味，「可否向林將軍通報一聲？」

「我來了。」林玄英一屁股坐到她對面。

庚晚音道：「你要給我看的是……」

林玄英樂在其中地搖搖頭，「不著急，把粥喝完再走。妳現在可不能病倒……」

庚晚音端起粥碗，一口悶了。

林玄英：「……」

林玄英帶著她走到知縣府的書房，停步轉身，先將她請進門。

庾晚音一腳邁入，數道探究的目光登時從半空中投射下來。

裡面已經站著四五名魁梧將士，一個個身長八尺，看著就是能一拳打穿城牆的苗子。

庾晚音：「……」

林玄英跟在她身後，反手關上門，忽然神情一肅，單膝跪地行禮道：「臣護駕來遲，請皇后娘娘恕罪！」

巨人們反應了半秒，忙跟著跪了一地，齊聲複讀：「請娘娘恕罪！」

庾晚音：「……」

她知道林玄英此舉意在替自己確立地位，所以一臉淡然地受了這一跪，才不疾不徐道：「諸位快快請起，千里救駕，何罪之有？」

林玄英這才起身，仍是一本正經，「啟稟娘娘，屬下出兵前耽擱了一些時日，乃是因為奉陛下之命，祕密趕製了一批武器。」

庾晚音心頭突地一跳。

林玄英揮揮手，指揮著兩個將士抬來一口沉重的木箱，示意她查看。

滿滿一箱的槍。

是槍。

庾晚音在心中飛快評估著殺傷力，「這一批……那什麼……」

「九天玄火連發袖中弩。」林玄英喜慶地提醒。

「九天玄火連發袖中弩，總共有多少支？」

抬箱的巨人道：「稟娘娘，共計千支，此外還有彈藥數十箱。」

庾晚音傻了。

林玄英在旁道：「圖紙是陛下送來的，為防被人半路截取，拆成了無數機關部件，分了十餘次才全部送到。我們又找最好的工匠，幾經失敗才造出第一支。這袖中弩得來萬分不易，但戰力空前絕後，即使與其他兩軍數萬兵馬正面相抗，也必然摧枯拉朽，不俟血刃。」

後一句解說對庾晚音來說毫無必要。身為現代人，她怎會不知道熱兵器在這個世界的殺傷力？更何況，敵方對此還一無所知，無論從裝備上還是戰術上都毫無防備——幾乎等同於幾萬個站著任掃的靶子。

林玄英指了指桌上的沙盤，慷慨激昂道：「大軍今日開拔，可在都城外五百里的高地截下左、中兩軍。娘娘，臣奉陛下之命啞忍數載，枕戈飲膽，只待今日必勝之機。端王謀逆作亂，兩軍為虎作伥，只消娘娘一聲令下，我等當為天下誅之！」

「當為天下誅之！」巨人複讀。

庾晚音吸了口氣，平復一下劇烈的心跳。

前一天她還在狼狽奔命，即使遇到林玄英，也只當是暫緩一口氣，還要進行一番艱苦卓絕的鬥爭。誰又能想到一夜過去，他們距離勝利就只有一步之遙了？

然而……

「林將軍，借一步說話。」

她將林玄英拉到書房一角的書櫃後面，「陛下如今還下落不明，如果貿然開戰，他卻真的落在端王手裡，我們又當如何？」

林玄英沉默一下，似乎早料到她有此一問，從袖中抽出一卷文書遞給她，「這是我出發之前，他寄來的最後一道密旨。」

庾晚音飛快地掃了一遍，隨即像被刺痛雙目般閉了閉眼。

這與其說是密旨，不如說是一封遺詔。

寫得非常簡短，一共只有兩段。第一段命太子克承大統，封庾晚音為太后，又點了幾個信任的臣子佐理政務。

第二段更是只有一句話：「逆賊夏侯泊，直誅勿慮，當以天下為先，勿論朕之生死。」

翻譯過來就是：殺他就行，不用管我死活。

林玄英道：「他自知命不久矣，不想在最後成為妳的累贅，也不想在敵營受辱。但他也知道我們不可能真的棄他於不顧，所以早就說了，如果不幸被端王抓住，他會找機會同歸於盡；如果連同歸於盡都做不到，他會……自我了斷。」

庾晚音難以置信地瞪著他，一時間血液上湧，像一隻應激炸毛的動物，「所以，你就順理成章地放棄他了？」

「當然不是！我還在派人四處找他！」

「那先找到他再動兵啊！」

林玄英沉默了一下，「妳也知道時間來不及的。叛軍都在夜以繼日朝都城趕，看端王這架勢是打算直接登基。他還在四處搜捕妳，很快就會查到妳在我這裡。一旦提前暴露，我們就無法攻其不備了。」

「……」

林玄英道：「陛下留下這道密旨，就是逼我們顧全大局，抓緊行動。」他語氣冷靜，「其實，為了在都城之外截停叛軍，我們的先鋒軍剛才已經開拔出城了。」

庾晚音胸膛起伏，仍舊緊盯著林玄英。

她從未真正瞭解過他。昨日之前，她連他的真名都不知道。此人如今手握重兵，還有大規模殺傷性武器，甚至還有一道聖旨作保。只要他想，世上一切權力唾手可得。

——只要他想。

林玄英從眼神裡猜出她心中轉的念頭，面色沉了下去，「不管妳信不信，我對這一切根本不感興趣。我之所以在此，是因為師父命我輔佐陛下，而陛下命我聽令於妳。」

他一字一句道：「妳還不明白嗎？是他要為妳掃除一切障礙，要保妳榮登高位，百歲無憂。他自己沒做到的事，他相信妳都能做到。至於一切平定之後，是踹開太子文治武功，還是拂衣而去遊戲人間，都隨妳高興。」

庚晚音問：「最後一句是他說的還是妳加的？」

林玄英：「……」

林玄英道：「是我加的。」

知縣府裡一片死寂。

無人出聲時，隱隱的震動從腳下傳來。城中的大部隊出動了。

庚晚音與林玄英對峙的當口，一旁的將士等不住了，走來低聲問：「將軍，是否先將這些袖中弩分發給大軍，下令備戰？」

林玄英站在書櫃陰影中，沒有答話，挑眉看著庚晚音。

於是書房內所有人看向庚晚音。

無形的潮水席捲而來，將她推向高處。她張了張口，數萬人的生死掛在她唇齒之間。這一次不是演習，也沒有失敗的機會。

她站在政權的終點與起點，在大風起處俯瞰洪流。境隨心轉，因緣生滅，日升月降，江山翻覆，全憑她一念。

而她的身前已無一人擋著。

此即至高，無上。

她無法自控地一陣戰慄，忽然感到前所未有的敬畏，也感到前所未有的孤獨。

庾晚音在這一刻忽然領會了「孤家寡人」的意思。或許每一個走到最高處的人，都曾路過這個轉捩點。或背離，或捨棄，放開一雙緊握的手，投身於一片浩瀚的虛無。

可為什麼是自己？為什麼偏偏是她這麼一個又懶又弱、平生樂趣只是擠在捷運上看點小說的社畜，掉進了這個世界，站到了這個位置？

面前這道題，本該由聖賢垂問，由千古豪雄作答。現在老天爺卻硬是把答題板塞到她手中。

既然非要問她……

庾晚音突兀地笑了笑。

那她的答案是：她全都要。

「林將軍，」庾晚音道：「陛下命你聽令於本宮，對嗎？」

林玄英和巨人們都是一頓。

庾晚音既然當眾逼他表示效忠，就意味著她即將給出的命令，他們多半不愛聽。

林玄英低頭與她對視著。與初遇時那個養尊處優的寵妃相比，此刻的她蒼白消瘦，眼下有淡淡的紺青色暈影。

匪夷所思的是，這卻反襯得她的五官更明豔了。上揚的眉峰，猩紅的眼角，唇邊似有若無的弧度，既嫵媚，又威嚴。

彷彿過了許久，他跪地道：「願為娘娘效犬馬之勞。」

第二十三章　黎明前的至暗寒夜

皇宮大殿。

滿朝文武噤若寒蟬，只有膽子大的才敢驚異地抬眼瞟一下。

夏侯泊的輪椅停在空蕩蕩的龍椅旁邊。他歪坐其上，垂眼看著眾人，「陛下被妖后所害，沉屙難起，只得命本王代理朝政。諸位可有事要奏？」

他現在的樣子實在可怖，半顆腦袋纏著紗布——北舟那一槍不僅崩掉了他的一邊耳朵，也毀了周圍的皮膚，破相是肯定的了。

更嚴重的是那兩條綁成了粽子的腿。那天在邶山腳下許多人都瞧見了，他的雙腿被落下的巨石砸了個結結實實，拖出來的時候形狀都變了，不知骨頭碎成了多少節。

為了保住這兩條腿，太醫院的老頭子已經換了三撥，目前看來希望仍是渺茫。而且，粗通醫理的臣子心中都在犯嘀咕：這麼嚴重的傷，是有可能引發膿毒血症而身亡的。

即便如此，他頂著慘白的臉色和盈額的冷汗，居然還要堅持上朝。

這男人的權欲簡直大到了瘋狂的程度。

也可能他本就是個隱藏的瘋子，比夏侯澹還瘋。

但即使是心中清楚他謀權篡位的臣子，也只敢低著腦袋不吭聲——大殿之外，他那支叛軍還在四處巡邏，鎮壓一切膽敢反抗的力量。更何況在都城之外，還有三支大軍正在趕來。

這個人執掌大權是遲早的事，何必平白搭上自己一條命呢？

夏侯洎又催問了一遍，幾個老臣戰戰兢兢地上前，報了些無關痛癢的地方小事。

未等他開口，忽然有人朗聲道：「臣有本要奏。」

李雲錫昂首闊步走出佇列。

當日邶山腳下，邊軍剛剛撐起巨石，將雙腿被砸爛的端王拖走，大地突然震盪。地動山搖，土石迸裂，即使是最訓練有素的將士也摔得東倒西歪，全場幾乎無人站立。

在那一片混亂中，山上的李雲錫等人卻奇跡般保住了性命。追殺他們的兵士被震了下去，他們幾個卻牢牢抓著樹根躲過一劫。

待他們連滾帶爬地逃下山，夏侯澹和夏侯洎都已經不見了。只能看到數駕馬車在叛軍護送下，朝著皇宮的方向匆匆遠去。

也正因此，眾臣心中始終有個疑問。

而李雲錫將它問了出來：「敢問端王殿下，臣等何時可以面聖？」

殿上的夏侯洎垂眸望向李雲錫，眼中一片陰冷。

然而李雲錫當初不怕夏侯澹，此時更不會怕他，甚至宛如站到了舞臺中央，一臉英勇無畏地回望過去。

對視幾秒，夏侯洎似乎是想露出一個微笑，結果牽動了半邊臉的肌肉，笑得分外猙獰，「本王剛剛說了，陛下重病，需要靜養。而且妖后還流竄在外，誰也不知道她會使什麼妖法禍亂朝綱，宮中近日還是防備周全些為好。因此，本王不敢讓可疑人等面聖。」

他將「可疑」二字咬得很重，目光陰惻惻地掃過幾名大臣。

當日邶山兵變，文武百官慌亂之中，都下意識朝各自選擇的陣營逃去。也正因此，不少隱藏的擁皇黨都暴露在端王眼中。

此時這些人被他一一掃過，頓時一陣戰慄，將頭埋得更低，心中叫苦不迭。

誰叫他們押錯了寶呢？

夏侯泊收回目光，慢悠悠道：「本王倒是有些好奇，李大人究竟有何要事，非要在此時打擾陛下？」

話都說到這份上了，顯然李雲錫若是再拗下去，一個「妖后黨羽」的罪名便要扣下來了。

李雲錫仰頭直面著端王，「臣以為——」

「臣以為當日邶山之變甚為蹊蹺，尚有許多疑點未明，需稟告陛下。」

楊鐸捷緩緩走到李雲錫身側與之並列，「單憑區區一個刺客的一面之詞，便要給一國之后定罪嗎？」

「說得對呀，」爾嵐緊隨其後，「庾少卿貴為國丈，未經審理就關押入獄，不知循的是何律法？」

「放肆！」端王黨叫囂開了，「殿下，這幾人無事生非，居心叵測，應當拿下澈查！」

夏侯泊瞇了瞇眼，對著侍衛抬起手。

「金大人此言差矣！」

一個年輕官員突然大步走了出來，「李大人求見陛下，乃是因為此等機要之事，確需陛下親自定奪。卻不知金大人口中的無事生非是何意？」

這人正是邶山下暴露的擁皇黨之一。

他這一牽頭，餘下的擁皇黨面面相覷，都有些蠢蠢欲動。

方才他們瞧見端王眼中的凶光時就多少領悟了，現在想明哲保身已經晚了。就算當一時縮頭烏龜，以端王縝密多疑的性子，自己此生斷無出頭之日。

與其坐以待斃，不如放手一搏。

到這關頭，眾人難免被激起了一絲血性。一個篡位的如此囂張，還有沒有天理了！

一個接著一個，二十餘人站了出來，與端王黨針鋒相對。還有一些雖未開口，卻也抬起了腦袋，直視著端王。

無數目光同時射向他，一時竟氣勢迫人。

夏侯泊心中恨意滔天。

他可以殺一個，也可以殺兩個，但在都城裡的反抗勢力尚未完全清繳時，他承受不起殺死數十名重臣的後果。

必須咬牙忍幾天，等三軍到了，就再無後顧之憂。

他深吸一口氣，溫聲道：「今日晚些時候，待陛下龍體恢復些許，自然會召見諸位。下朝。」

話音剛落，便抬手示意宮人將自己推走，背影很有些落荒而逃的意味。

李雲錫等人自然不會被這句模稜兩可的說辭搪塞過去。

下朝之後，他們帶著一群年輕官員，直接到夏侯澹的寢宮門前跪成一片。

侍衛上前想要驅趕，他卻一臉浩然之氣，「我等只是跪在此地為陛下祈福，等待他召見。」

這些都是手無縛雞之力的文臣，打的又是為皇帝祈福的名號。侍衛不敢擅自動粗，只好去請示端王。

也不知夏侯泊吩咐了什麼，沒人再來驅趕，任由他們在寒風中自行跪著。

到了下午，文臣們東倒西歪，就連身體最強健的李雲錫都凍得打起了擺子。身旁的爾嵐面色鐵青，已是搖搖欲墜。

李雲錫勉強抬頭瞧了瞧依舊緊閉的寢宮大門，開始思索是強闖一次試試看，還是先打道回府，明日早朝再以死相逼。

就在此時，寢宮的門突然打開，一名宮女飛奔出來，順著迴廊跑遠了。

李雲錫瞇眼看著，心中湧起不妙的預感。

不一會兒，宮女帶著蹣跚的老太醫匆匆趕回。侍衛隨即關緊大門，擋去了他們窺探的目光。

又過片刻，夏侯泊親自來了，他面色冷肅，由人推著進了門。

李雲錫等人已經站起身來，追過去叫了一聲，他充耳不聞。

李雲錫轉向侍衛道：「讓我們進去。」

侍衛道：「屬下有令在身，不得放行。」

楊鐸捷哆哆嗦嗦拉開李雲錫，上前與侍衛交涉。還沒說兩句話，門內傳出一聲尖銳的悲號。

李雲錫等人越過一群哭哭啼啼的宮女，趁亂擠進裡間摸到榻前。

太醫跪著，端王坐著。床榻上躺著的人面色青白，死不瞑目。

李雲錫猶不死心，將他的臉仔細打量了三回，腦中「轟」的一聲，只知道自己跪了下來，心中卻一片茫然。

怎麼可能真是夏侯澹呢？

夏侯澹怎麼就……這麼無聲無息、孤苦伶仃地死了呢？

這不該是他，也不該是他的死法。

端王歪坐在輪椅上，吃力地傾身握住夏侯澹的手，滿臉寫著悲痛萬分，「陛下放心，臣定會好好撫養小太子。」

李雲錫口中泛起一股血腥味，是後槽牙咬出了血。他猛然抬頭，惡狠狠地瞪向端王。

夏侯泊猶如未覺，抬起袖子優雅地拭了拭眼眶，未毀的那半張臉仍是一派溫文爾雅，「如今多事之秋，更不可一日無君，儘快準備太子的登基大典吧。來人——」

「是！」窗外有人齊聲相應，氣勢驚人。

夏侯泊的目光掠過李雲錫，又輕飄飄地投遠了，「送各位大人回府暫歇，準備守喪。」

噹——噹——

低沉的喪鐘聲飄出了都城，在鉛灰的天幕下迴盪不絕。

林玄英是在馬背上接到這個消息的。天子駕崩的消息不可能壓得住，整個隊伍裡一片譁然。

他愣怔了數息，倏然回過神，飛快地轉頭去看身後——庚晚音正扮作他的貼身侍衛，跟在他身後行軍。

她被盔甲遮住了大半張臉，看不出表情。

林玄英收了收韁繩，放緩速度與她並駕而行，卻頭一次躊躇著不知怎麼開口。最後他只是乾巴巴地低聲問：「妳覺得如何？」

庾晚音道：「是好消息。」

林玄英：？

他有些膽戰心驚地看向庾晚音。

庾晚音的聲音毫無波瀾，「如果屍體是真的，端王手上已經沒有牽制我們的籌碼了。如果屍體是假的，說明他並未找到陛下，那他的手裡也沒有籌碼。無論哪種情況，我們都可以繼續推進計畫了。」

林玄英努力理清思緒，「有沒有可能，屍體是假的，但陛下還在端王手中，扣著當作底牌？」

「不可能。」庾晚音冷靜搖頭，「如今天下皆知陛下已崩，消息還是他放出的，到時候他再變出一個陛下，誰又會認？」

林玄英大駭，「妳不會認嗎？」

「我會。但端王不信我會。他自己天生冷情冷性，便堅信世人皆如此，他不會拿人性冒險的。這一點，我在制定計畫時就想明白了。」

庾晚音的計畫，說來其實簡單粗暴：端王急於見到三方援軍，遲早是要與三軍首領密會的。林玄英只需隱忍到那時，再當場拔槍殺了所有人，首領集體暴斃，餘下的自然會樹倒猢猻散。

如果其餘兩軍到那時還賊心不死，再由右軍屠了他們也不遲。

林玄英原本想在端王起疑之前就大動干戈，無非是習慣了冷兵器時代的思考模式，沒有考慮過壓倒性的殺傷力，讓他們在戰術上有無限的自由。

端王起疑又如何？設下再多防備又如何？除非他研發出防彈衣，否則一切都是徒勞。

按照這個計畫，如果能擒賊先擒王，便可將傷亡降到最低。同時將行動延後，也就有了更多時間搜尋夏侯澹的下落，確保不會將他置於險境。

只是，都城傳來的這「好消息」……

林玄英擔憂地瞥了身旁一眼。

庾晚音表現得過於冷靜了，冷靜到反常的程度。

他正想開口再仔細討論一下屍體的真假，就聽她道：「既然陛下不在端王手上，還是要抓緊時間找到他。」

林玄英：「……」

她這是澈底拒絕討論屍體為真的可能性了。

庾晚音不僅拒絕討論，也拒絕朝那個方向思考。

一旦開啟那扇閥門，她的思緒就會立即停滯，手腳也瞬間不聽使喚。

冥冥中彷彿有一道聲音逼迫著她：別停下來，別想他，繼續向前走。

她知道自己全憑一口氣撐著。她不能讓這口氣斷在這裡，因為還有必須完成的事情。

行軍一日後，大軍安營紮寨。

林玄英為庚晚音指了一間單獨的帳篷，仍舊由十二和四七負責守衛。她還多了一個小跟班——進沛陽城之後，她本想付清啞女的傭金就與之作別，卻沒想到啞女的眼珠轉了幾轉，比劃著表示自己想要留下幹活。

偷東西太辛苦，她不想努力了。

庚晚音猶豫了一下，想到這一路上啞女本有無數次機會將自己交給追兵，卻始終沒有出賣自己，似乎本性並不惡劣。加上自己一個女子跟在軍中，確實有諸多不便，於是權且將她收為了侍女。

啞女生性機靈，動作也俐落。兩名暗衛剛支起帳篷，她就已經替庚晚音鋪好了被褥，甚至弄來了一個湯婆子，灌上熱水遞給庚晚音，示意她抱著保暖。

庚晚音風寒未愈，將溫暖的湯婆子抱在懷裡舒了口氣，決定暫時不追問她是從哪裡弄來的。

庚晚音原以為自己會徹夜難眠，結果多虧了身體的疲憊，昏昏沉沉地失去了意識。睡到半夜，忽然被人推醒。

啞女蹲在她身前，點著一支火摺子，面色警惕，打手勢示意她仔細聽。

庚晚音強迫自己清醒過來，只能聽見帳篷外風雪呼嘯。

庾晚音道：「怎麼了……」

話音未落，她微微一頓。風雪中似乎還有別的異動，是一陣嘈雜的人聲。然而沒等她仔細分辨，那嘈雜聲戛然而止。

庾晚音推開被褥，從啞女手中接過火摺子。

如果出了什麼亂子，為何林玄英不派人通知她，就連十二和四七也沒有示警？

她心中起疑，吹滅了火摺子。

為了避嫌，帳篷中間被一道布簾隔開，兩個暗衛在另一側守夜。

庾晚音躡手躡腳地走去掀開布簾。果然，外面兩個暗衛都不知所終。

她又掀開門簾，在撲面而來的風雪中瞇眼朝外望去。

營地裡此時一片安靜，不像是遇襲的樣子。不遠處，林玄英的主帥帳篷裡透出搖曳的燈光。

庾晚音尚未摸到主帥帳篷門口，那門簾被人一把掀開。林玄英大步走了出來，一邊還回頭朝著身後說話：「你等著，我現在就去問——娘娘！」他險些撞到庾晚音，仗著身手靈活才及時避開，「……妳怎麼醒了？」

庾晚音道：「我在尋我的暗衛。」

林玄英愣了愣，「他們不見了？別急，我派人去尋。外面冷，進來說話吧。」

林玄英尋了張毯子給她，「坐。怎麼穿這麼少就跑出來了？來喝點熱茶……」說是要派人去尋暗衛，卻半天不見他有動作。

庚晚音探究地看了他一眼，沒碰那杯熱茶，目光不動聲色地在帳篷裡轉了一圈。主帥帳篷中也掛起了一道布簾，隔開了另外半邊空間。不知道其後是那些槍支彈藥，還是別的什麼。

林玄英與她相對而坐，似乎有些出神，自顧自地喝了口茶，「晚音，我還想再問妳一遍。」

這是重逢以來，他第一次對她直呼其名。

林玄英神情嚴肅，「咱們馬上就要到都城了，到那時，就沒有回頭路了。如果妳想離開，這就是最後的機會。我送妳到安全的地方，妳可以有自己的人生……妳本不必擔負這一切。」

他的眼睛遠遠亮過這一星燭火，目光灼灼地望著她。

然而這一問放在這一幕，實在有些不合時宜。庚晚音腦子裡想的全是：他剛才在對誰說話？暗衛去哪了？

「我不擔負……」她笑了笑，「誰來擔負呢？你嗎？」

林玄英的目光黯淡了幾分，「我說過我毫無興趣。」

「那是誰呢？」

林玄英：「……」

庾晚音本是隨口一問，看見他平靜的面色，卻忽然頓住了。

「那是誰呢？」她又問了一遍，「這裡還有別的主事之人嗎？」

林玄英眨眨眼，目光輕飄飄地轉向另一側。

庾晚音猛然起身，動作太快，險些帶倒一旁的燈燭。

林玄英似乎想扶她一把，她卻已經踉蹌著走到那張簾布前，一把扯開了它。

夏侯澹對她笑了笑，「好久不見。」

昏暗燭光下，他圍了狐裘，擁爐而坐，臉上卻無半點血色，顯出幾分鬼似的青白。簾布掀起的風吹得燈影搖搖晃晃，他半身隱在濃重黑影中，長髮披散，身周的戾氣如墨水般洇開。

庾晚音問：「……你去了哪裡？」

夏侯澹平靜道：「正如剛才阿白所說，如果妳想離開的話，現在就是最後的機會。」

庾晚音又上前一步，鼻端聞到了淡淡的血腥味，「路上發生了什麼事？北叔呢？」

夏侯澹充耳不聞，「妳讀過信了嗎？」

庾晚音陡然間心頭一燙，竟是怒火中燒，「閉嘴，回答我的問題！」

「看來是讀過了。既然全都知道了，妳可以好好考慮一下再做選擇……」

「啪」，庾晚音抽了他一耳光。

夏侯潽整個腦袋偏向一邊，半天沒動靜。

庾晚音胸口起伏，「所以，你回來了，但是躲著不來找我，卻派阿白去打發我。」

林玄英：「……」

林玄英從簾布後探出半個腦袋，「那我迴避一下。」

帳中兩人誰也沒理他。

林玄英默默走了。

庾晚音聲音漸冷：「你是真的覺得這種時候，我會甩袖子走人？」

夏侯潽終於動了動，緩緩回過頭來望著她，眸光微閃，虛弱道：「從……從來沒有女人敢打朕。」

庾晚音：？

庾晚音氣不打一處來，又揚起手。

夏侯潽腦袋一縮，鍥而不捨地說完了：「妳引起了朕的注意。」

庾晚音一腔怒火正鼓脹著，忽然如同被針扎破的氣球，半天不知道該擺出什麼表情。

倒是夏侯潽眼中多了一絲笑意，伸手去拉她的袖擺，「消消氣。」

庾晚音甩開他的手。

夏侯潽望著她。

庾晚音雙手抓住他的狐裘衣領，一把扯了下來，又去脫他的中衣。

夏侯澹躲了躲，「久別重逢這麼熱情嗎……」

庚晚音根本不理他的插科打諢，三兩下扯下他的衣襟，露出底下的肌膚。同時她也明白了那淡淡血腥味的由來。

夏侯澹身上沒有武器造成的傷口，只有一塊塊青紫的瘀痕與縱橫遍布全身的抓痕，一眼望去皮開肉綻，血痂連著血痂，還有尚未痊癒的口子還在緩緩滲著血水。

庚晚音又抓起他的手腕，撩開袖子看了看，不出所料看見了血跡斑斑的牙印。

她像被灼傷眼睛般偏了偏頭，咬牙問：「你在路上發病了？」

夏侯澹道：「嗯。」

也正因此，他沒能按照約定及時趕到沛陽。

當時在邶山腳下，趁著地震大亂時，身負重傷的北舟揹著他，與一群暗衛一道殺出了重圍。

甩脫追兵後，北舟卻半路停下腳步，將夏侯澹交給暗衛，又深深望了他一眼，就脫隊獨自走向了另一條岔道。

他沒有留下一句話，所以夏侯澹也不知道他是擔心拖慢眾人的速度，還是得知自己真實身分後，選擇了分道揚鑣。

後來，靠著一群暗衛捨命相護，他們又幾次虎口脫險。眼見著沛陽在望，夏侯澹卻突然毒發。

這一次發作來勢洶洶，更甚從前。夏侯潽只撐了一炷香的時間，就失去了神志。後來在劇痛與癲狂中做了些什麼，他自己渾然不知。

暗衛起初不敢綁他，後來實在攔不住他傷害自己，又怕動靜太大引來追兵，才不得不將他五花大綁，藏了起來。

等他從昏迷中醒來，已經過了兩天兩夜。而這時，林玄英已經率軍開拔，離開沛陽了。

夏侯潽派人與林玄英聯絡，確認了庾晚音安好。但他自己的狀態過於虛弱，此時亮相於右軍面前，反而會動搖軍心。因此一直等到入夜，才由林玄英的心腹接來軍營。

「我本想先偷偷看妳一眼……嘶。」夏侯潽停下話吸了口涼氣，「輕點。」

庾晚音正為他重新上藥，聞言下意識指尖一顫，「很疼？」

問完才驀地反應過來——這廝頭疼欲裂了十幾年了，會為這點小傷吸涼氣？

偏偏夏侯潽抿了抿嘴，大言不慚道：「有點，要不然妳吹一下。」

庾晚音忍無可忍，安靜幾秒後直視著他問：「你是故意的吧？」

「嗯？」

「故意惹我生氣，又故意讓我自行發覺你的傷？」

夏侯潽道：「是的。」

庾晚音垂下眼簾為他上藥，又取來爐火邊烘暖的衣物，輕輕為他攏上了。她口中低聲問：「其實阿白去尋我，也是你故意要讓我起疑，來帳中找你，對不對？」

夏侯澹低下頭，道：「是的。」

庾晚音心中忽然泛起一陣酸楚，「你要什麼呢？你這樣……千方百計瞞我這麼久，卻又送我獨自逃命，還留下書信坦白一切……最後又這樣出現在我面前，卻問我想不想走……你到底想要什麼呢？」

夏侯澹不答。

在她起身之際，夏侯澹的五指輕柔地攀上她的手腕。

燭光搖曳，映在他暗不見底的眼中，終於有了一星光亮。

庾晚音被冰得打了個寒噤。

鬆鬆握著她的手指驟然收緊，力道之大，讓她第一次覺出疼痛。

夏侯澹對她仰起頭，臉上刻意拼成的輕鬆笑意不見蹤影，就連面對她時霧氣般氤氳的溫柔之色也淡去了。

像毒蠍抬起尾刺，狼王亮出獠牙，一個靠著老謀深算笑到了最後的君主面無表情地望著她。他們之間再也不剩任何一層面具，只有赤裸裸的、血肉模糊的坦誠相對。

他一字未發，卻又已經說明了一切：這一切當然都是計畫之內的。以身為餌，環環相扣，步步為營，是他最精巧也最殘忍的一計。

庚晚音本該覺得突兀不適，卻像是已經為這一瞬間等待了一個世紀般，心中一片清明。她沒有掙扎，反而抬起那隻自由活動的手，撫上他的嘴唇。

殘忍的孤君閉上眼睛，在她手心親了親。

「我想要妳愛我。」

林玄英度過了難熬的一夜。

本來還擔心他們見面吵架，守在營帳外聽了一下牆根。到後來裡頭傳出的動靜逐漸不對勁，他呆愣了片刻，罵罵咧咧地走了。

走出幾步又繞回來，還得打手勢命令四周的親信加強守衛。

夏侯澹把他的帳篷占了，他無處可待，最後憋著火氣鑽進手下的帳篷裡，半夜三更將人鬧起來開會，硬是拉著幾個巨人陪自己熬了半宿。

清晨在大軍醒來之前，林玄英鑽回主將帳篷，在布簾外側重重咳嗽一聲，陰陽怪氣道：「陛下，娘娘昨夜睡得可好？」

裡頭窸窣作響，片刻後庚晚音衣衫齊整地鑽了出來，睡眼惺忪，疲憊道：「有勞。」

林玄英心道：妳都這樣，那傷患不得折騰了半條命去。

結果夏侯澹跟在後面出來了，卻是一臉鬆快，隱約還恢復一點血色。比起昨夜剛來時半死不活的樣子，這時活像是吸了精氣的老妖，重新披上了畫皮。

林玄英：「……」

他並不想知道他們昨夜是怎麼度過的。

林玄英憔悴道：「接下來如何打算，勞煩二位給個指示。」

拂曉前，大軍出發之時，運送槍支火藥的輜車上多了兩個不起眼的護衛。

夏侯澹決定照著庾晚音的計畫繼續蟄伏，因此也只密會了林玄英的幾名心腹幹將。他需要儘快養好傷勢，來日現出真身振臂一呼時，才能鼓舞士氣，穩定人心。

庾晚音則理所當然地陪他一起。

暗衛在前方打馬，輜車轆轆前行。車內盡可能布置過一番，讓兩人坐得舒適。

夏侯澹從窗縫瞧了瞧外面沉默行進的兵馬，低聲道：「其實，妳留在沛陽坐鎮更為穩妥。待都城裡風波平定後……」

「想得美。」庾晚音乾脆拒絕，「我不可能讓你得逞第二次。」

夏侯澹望著她，似嘆似笑，「晚音……妳不想周遊世界了嗎？」

「世界就在那裡，晚點去也不打緊。」庾晚音輕描淡寫，「以後我們生個孩子，養到可以獨當一面，就卸下擔子一起退休旅行吧。」

夏侯澹頓了頓，道：「好。」

兩個人表情認真，儘管他們都心知肚明，這只是鏡花水月的願景——夏侯澹連挺過下一次毒發的希望都很渺茫。也正因此，他才要趁著神志清醒，爭分奪秒地收拾局面，為未來鋪路。

而庾晚音此時不走，就等於用行動許下了一個更為沉重的承諾：她將從他手上接過這副擔子。

早在她到來之前，他就已經熬遍心血，耗盡年歲，將自己當作燈油燒到了盡頭。如果她任由這簇火苗熄滅，等於抹殺了他存在的意義。

所以她哪裡也不能去。她會護著四海升平，八方寧靖，長長久久。

一路上斷斷續續飄著小雪，林玄英生怕馬車裡兩個不會武的病秧子再著涼，毛毯、手爐不要錢似的往裡塞。

車廂裡因此逼仄而溫暖，兩人像樹洞裡過冬的動物般擠在一起，無事可幹，只能有一搭沒一搭地說著話。

此時氣氛溫馨中又透著些許尷尬。

直到這時他們才真切體會到，彼此明明已經共曆生死，某種意義上卻才剛剛熟識。

剛才這話頭是庾晚音起的：「你還不知道我的真名吧。」

夏侯澹道：「嗯，以前我自己心裡有鬼，不太敢跟妳展開這個話題。妳叫什麼？」

庾晚音道：「……王翠花。」

夏侯澹：？

夏侯澹道：「那妳父母也不賴啊。」

「承讓。」

靜默片刻，庚晚音又忍不住笑了，「不過我沒想到你竟然是個國中生。這姐弟戀我有點難以接受……」

夏侯澹臉色陰了陰，「我們之間未必有年齡差。」

「此話怎講？」

「我在書裡待了十多年，現實中也未必跟妳同時穿進來。實不相瞞，以前妳聊到外頭的世界時，有那麼幾個新潮詞語我其實聽不太懂。所以我一直懷疑——」

庚晚音愣了愣，忽然想起謝永兒聽見「懸浮列車」時的反應。自己穿來之前兩年，懸浮列車的概念才流行開來。因此當時她就懷疑過，《穿書之惡魔寵妃》是一篇老文。

庚晚音問：「你是哪年穿來的？」

「二〇一六年。」

庚晚音傻了，「我是二〇二六年。」

夏侯澹一臉不可思議，「妳之前說，這篇文是手機廣告推給妳的？就這麼篇爛文，憑什麼紅十年？」

無論如何，這個新聞終於讓庚晚音放下了穿回去的企盼。

她原本指望著他們兩個靈魂出竅後，真實的身體還作為植物人躺在醫院裡，等未來某一天蘇醒了，還能在現實裡再續前緣，但現在看來，張三都出竅十年了，還活著的可能性委實不大。

夏侯澹則根本沒有往那方面打算，注意力還放在一個嚴肅的問題上，「如何？不是姐弟戀吧？」

「這個嘛——」庾晚音故意拖長腔。

「嗯？」

「不知道呀。」庾晚音摸他的下巴，「不如先叫聲姐姐來聽聽。」

馬車突然顛簸了一下，似乎被什麼石子硌到。與此同時，外頭傳來輕微的破空之聲，緊接著暗衛長劍「唰」地出鞘。

夏侯澹眼神一冷，反應極快，將庾晚音護在懷裡往下一倒，躲到裝槍支的箱子後面，這才出聲問：「怎麼了？」

暗衛忙道：「無妨，是流民滋事。」

「流民？」

暗衛語氣有些複雜，「沿路的百姓許是把咱們當成了叛軍……躲在樹後面朝咱們丟石子。已經被驅走了。」

右軍這一路行來，各州百姓雖然不敢螳臂當車，但背地裡翻個白眼、啐口唾沫的事情卻沒少幹。

不少百姓還念著夏侯澹輕徭薄賦的好處，並不信端王散播的那一套妖后昏君的鬼話。如今聽聞夏侯澹猝然駕崩，更是篤信了端王就是仗著手中有兵，公然奪權篡位。因此瞧見開向都城的大軍，自然沒有好臉色，膽子肥的直接丟起了石子。

庾晚音聽明白前因後果，神色也複雜起來，「怎麼說呢，還有點感動。」

夏侯澹也笑了笑，「這都多虧了皇后啊。」

在她到來之前，他的力量只夠與太后、端王拚個魚死網破。

他不介意死在黎明前的黑暗裡，但若有機會走入燦爛驕陽下，誰又會拒絕呢？

「我現在……」他說到一半覺得煞風景，語聲低落了下去。

他現在有點捨不得死了。

庾晚音莫名其妙，「什麼？」

「沒什麼。」夏侯澹笑著拉她坐回原位，「姐姐的頭髮好香。」

都城已經七日未晴，天色晦暗如長夜。

短短數日間，太后與皇帝先後賓天，禁軍與禁軍互相廝殺，嚇得城中百姓緊閉門窗，惶惶不可終日。

後來殺戮似乎告一段落，城中宵禁卻仍在持續。誰也不知道這變故是怎麼開始的，又要到何時才能停止。但從最終贏家來看，這事跟端王脫不開干係。

而端王近來的行事作風，算是把他多年苦心經營的好名聲毀了個乾乾淨淨——數十名大臣長跪不起也沒能見到皇帝最後一面，如此慘烈之事，再厚的宮牆也擋不住，隔天便傳到了大街小巷。八旬老嫗聽了也要問一句「是不是有什麼陰謀」。

更何況皇帝屍骨未寒，端王就大張旗鼓地四處捉拿皇后，這架勢但凡有點腦子都看得出來，就是要趕盡殺絕了。

民間一時議論四起。

接著便來了禁軍，端王新封的溫統領一聲令下，散播流言蜚語的格殺勿論。

幾戶人家被拉出去殺雞儆猴之後，都城陷入一片死寂。行人道路以目，大街小巷除了禁軍巡邏的腳步聲，再也聽不見任何人聲，猶如鬼城。

李雲錫等人坐在岑堇天的病榻邊。

當初岑堇天在郊區的別院被端王發現之後，夏侯澹便將他轉移到新的藏身處，讓他得以安靜地度過所剩無幾的餘生。

夏侯澹駕崩當日，端王讓臣子們回府暫歇。李雲錫有種預感，這一回府怕是再也出不去了。於是與兩個好友一合計，乾脆半途轉向，躲到了岑堇天處。

果不其然，沒多久就傳來消息，寢宮外下跪的那一批臣子，都被禁軍圍困在自家府中，不得進出。而端王的人找到此處，也只是時間問題。

幾人面面相覷，都是神情黯然。

病榻上擁被而坐的岑堇天先開了口，語聲平和：「事已至此，早做打算吧。」

經過蕭添采這段時日的調理，狀態倒是好了不少，單看臉色，並不像是只剩幾個月壽命的樣子。久病之人早已看淡生死，因此他反而是幾人中最冷靜的一個。

岑堇天替他們分析：「眼下想活命，只剩兩條路。要麼辭官，要麼找端王投誠。我看你們也不像是能投誠的樣子……」

「當然不投誠。」李雲錫斷然道。

楊鐸捷嘆了口氣，「是啊，我準備辭官了。」那殿上已經沒有值得效忠的人，這城裡他也待不下去了，不如回去孝敬父母。

李雲錫卻頓了頓。辭官這種結局，聽起來未免慘澹。他開始考慮血濺大殿、名垂青史的夙願。

「我倒是想去投誠試試。」爾嵐輕飄飄地道。

李雲錫：「……」

李雲錫問：「什麼？」

爾嵐並無說笑之意，「擁皇黨此時多半辭官保命，朝中會有一大批空缺。端王需要人為他辦事，短期內不會對剩下的人動手的。」

李雲錫心中一急，還沒開口，岑堇天卻已經皺起眉，「爾兄如此聰慧，怎會不知端王定然秋後算帳？」

「走一步看一步吧，真到那時再死不遲。」爾嵐似乎並不忌諱在病人面前談論生死，「想來比起一頭撞死那種蠢忠，陛下更想看到我們護一方百姓安好，別讓他們為這動亂所累。」

李雲錫：「……」

他的夙願有那麼明顯嗎？

李雲錫陷入糾結之中。他已經不是剛入朝時一根筋的愣頭青了，自然聽懂了爾嵐的苦心。然而此時向端王低頭，那是奇恥大辱啊！

岑堇天沉默片刻，緩緩開口：「大廈將傾，一人之力何其微末。人生苦短，爾兄正值大好年華，不如為自己活一回。」

爾嵐笑著搖搖頭，一雙秀麗的眼睛不閃不避地望著他，「岑兄有所不知，我留下是為大義，也是為私情。」

李雲錫和楊鐸捷同時嗆咳起來。

李雲錫心中苦澀難言，楊鐸捷則在感慨不愧是他的結義兄弟，斷袖斷得坦坦蕩蕩。彷彿過去良久，岑堇天茫然地笑了一下，「原來爾兄在此地已結了良緣？那確是喜事啊。」

「嗯，是喜事。」爾嵐站了起來，「我去看看外面情況如何了。」

她離開了。

李雲錫和楊鐸捷如坐針氈地僵在原地。岑堇天垂下眼睛，也沒再說話。

半晌，李雲錫一言不發轉身出門，踢了柱子一腳。

他抱著腳喘了幾口氣，又兜回來，惡狠狠道：「那我也不走了！」

楊鐸捷左右看看，「……都不走？那我走了。以後總得有個人為你們立墳。」

楊鐸捷連夜寫辭呈的同時，端王正鐵青著臉色，望著梓宮中皇帝的屍身。

在他身側，心腹跪了一地。

夏侯泊臉色衰敗，額上的冷汗拭去又滲出。心腹看得膽戰心驚，勸道：「殿下養傷要緊，還是早些躺下休息……」

夏侯泊打斷道：「這個人，當初是中軍送過來的？」

心腹道：「回殿下，是中軍押來的，還說洛將軍親自審問過。」

夏侯泊眼中閃過一絲狠厲的光，伸手將屍體臉上緊貼著的面具揭開一角，自言自語般低聲道：「連中軍也會叛變嗎……」

直到這個「夏侯澹」咽氣之時，他才發現人是假的。

當時他大發雷霆，本想將消息捂著，繼續祕密追捕真皇帝。無奈那些作死的文臣逼得太緊，大有再不能面聖就以身殉道的架勢。夏侯泊不敢在這種關頭掀起民怨，只能一不做，二不休，讓他們見了這冒牌貨的屍體。

緊接著他便安排儘快出殯。如此一來，只要一口咬死夏侯澹已經入土，日後就算再冒出一個真的夏侯澹，他也能倒打一耙，聲稱對方是假冒的。

只是被這冒牌貨蒙蔽了數日，後果有可能是致命的。真的夏侯澹到底逃去了哪裡？是趁著他們搜查鬆懈時逃出了三軍的包圍圈，還是被某一方背叛他的勢力窩藏了起來？

夏侯泊不願懷疑中軍。他跟洛將軍曾經並肩作戰，有過命的交情。他寧願相信洛將軍也只是沒有看破此人的偽裝。然而他心中清楚，自己絕無可能不存芥蒂地迎接中軍進城了。另外兩軍，他也不能放心。

夏侯泊心底不禁生出一絲眾叛親離的悲涼。

心腹提醒道：「殿下，明日三軍就要在城外集結了。」

夏侯泊定了定神，冷靜道：「安排他們在城外駐紮。」他得防著夏侯澹殺回來。

「殿下可要召見三位將軍？」

「讓他們三個進城來見我，沿路布置好埋伏，一旦發現有人動靜不對，當場誅殺。還有，城門處也設下防衛，派人去將三軍人馬和輜重逐一檢查一遍。瞧見身形可疑的，都驗一驗真容。」

心腹一一記下。

夏侯泊又想到一事，「把太子請到我這裡……還有庾少卿府中老小，全押過來。」

這是扣作人質的意思。或許夏侯澹不太在意這些人的死活，但為了面上好看，也不能棄之不顧——如果明天夏侯澹真的現身的話。

夏侯泊算是做了萬全的準備。

然而，他心中卻依舊隱隱不安。或許是因為那日在邶山腳下，他見識了夏侯澹手上的武器。

如今他已經知己知彼，決不會讓自己暴露在那玩意的射程之內。但那武器橫空出世，本身就像是一個不祥的徵兆。在謝永兒的預言裡，他才是天選之子。可為何堅持到今日，上天對他的眷顧卻越來越吝嗇？

他此時又是毀容，又是不良於行，腿傷還在不斷惡化。看在一旁的心腹眼中，只覺得堂堂端王淪落至此，身上早已沒了那份睥睨天下的氣度，遊移不定的眼神裡暴露出的全是偏執多疑，竟比那瘋皇帝還可怕。

心腹都在暗暗叫苦。

已經走到了這一步，總不可能再臨陣變節，只好一條路走到黑了。只是這些人原本摩拳擦掌，只等著端王風光上位，現在卻百般遮掩，不想流露心中的恐懼。

空氣中瀰漫著一股冰冷的味道。如果有久經沙場的將士在此，便會聞出這是敗仗的氣息。

第二十四章　重掌河山

都城外二十里處，右軍營帳。

「袖中弩」已經祕密分發給一千名將士。這些人都是林玄英親自培養的精英，對他忠心耿耿。又經過緊急訓練，要起槍來以一敵百。他們很清楚手中武器的威力，卻至今不知這武器要指向誰。

當然，一路上審時度勢，他們也多少猜到了，這武器……怕是要用來謀反。

因此總體情緒比較緊繃。

直到這最後一夜，林玄英將他們召集到一處空地，冷冷道：「不要出聲。」

說著讓出了身後的一男一女。

精英團：「……」誰？

林玄英道：「恭喜各位，要立從龍之功了。」

幾秒後，一千人齊齊整整跪了一地，沒發出一絲多餘的聲響，只用面部肌肉表達了激動之情。

林玄英很有面子，轉身道：「請陛下示下。」

夏侯澹點點頭，不疾不徐道：「明日的目標是活捉端王，餘下的頭領格殺勿論。除頭領外，兩軍將士降者不殺。諸位手握利器，要儘快控制局面，減少傷亡。我大夏將士的熱血，應該灑在邊疆。」

武將文化水準有限，所以他說得特別簡明直白。但這番話語顯然句句入了眾人之心，幾個糾結了一路的小將眼含熱淚，一副終於遇到了明主的樣子，整個隊伍的士氣為之一振。

林玄英滿意了，又過了一遍明天的計畫，便讓眾人各自回營。

回到帳篷，庾晚音低聲道：「咱們現在就先易容吧，做好準備。」

夏侯澹自然沒有意見，伸臉讓她自由發揮。

庾晚音一邊為他貼鬍子，一邊笑道：「一切順利的話，明天這個時候就有床睡了。回頭再派人去把北叔找回來，現在阿白也在，四人小火鍋可以重新開張了。」

她絕口不提北舟遇險的可能。夏侯澹明白她故作輕快，是想安慰自己，於是也「嗯」了一聲。

庾晚音又道：「蕭添采還在宮裡呢。我離開之前幫他指了個以毒攻毒的方向，他說可行的，說不定這段時間他的研究已經有突破了。」

夏侯澹道：「嗯。」

庾晚音道：「可惜端王殺不得，他死了世界可能會崩塌。不過我琢磨了幾個折磨他的創意想法，你聽聽看……」

夏侯澹若有所覺，「晚音，」他握住她的手，「別怕，會順利的。」

他的掌心並不十分溫暖，卻乾燥而穩定。

庾晚音做了個深呼吸，心中奇跡般地平靜下來。黎明前至暗的寒夜裡，他們抱在一處小睡了一陣子。

翌日早晨，三軍在都城外列隊齊整。

這座都城已經數百年沒面臨過兵臨城下的陣仗了。單是中軍就出動了足足五萬人，一路從邊境殺來，雖然沿路折損了一些人馬，如今與左右兩軍會合，總數仍達八萬之多。

龐大而沉默的隊伍靜立在城牆之外，從城門望出去，一眼瞧不見盡頭，猶如一道黑色的洪流。

等待片刻後，城門大開，一小支隊伍迎了出來。

當先一人卻並非夏侯泊，而是一個端坐馬上的中年人，一出城門就翻身下馬，朝著三方統領樂呵呵地行禮。

左右兩軍領頭的都是副將軍，中軍卻是洛將軍親自帶來的，顯然對端王拿出了最高誠意。也正因此，洛將軍更顯不滿，「黃中郎，端王何故不現身？他現在何處？」

黃中郎賠笑道：「殿下在宮中等候各位已久，請幾位將軍隨我入內。」

洛將軍皺了皺眉，回身點了一小隊護衛出列，跟著自己走向城門。林玄英冷眼看著，也有樣學樣。

那黃中郎卻又伸手攔道：「哎呀，這個，還請諸位卸下刀劍再進城。」幾個統領的臉色都陰沉了下來。洛將軍嗤笑道：「我帶軍千里迢迢趕來馳援，這便是端王的禮遇？」

黃中郎驚慌失措，連說好話，見洛將軍不買帳，這才左右看看，湊近過去對他低聲道：「將軍有所不知，軍中恐怕出了奸細……」他將聲音壓得更低，「似乎與陛下的遺體有關。」

他一邊說一邊覷著洛將軍。

洛將軍臉色一變，似是想到什麼，目露震驚。

林玄英極力控制著表情，做出聽不懂啞謎的樣子，心中卻頗感稀奇。

他們一直以為，宮中那「夏侯澹」的假屍是端王自己準備的。然而現在看來，其中似乎還有文章，而且還跟中軍有牽扯。

到底是怎麼回事？

林玄英昂首道：「反正老子光明正大，可不怕查。」說著隨手卸下配刀，重重摔在黃中郎腳邊，冷哼一聲進了城門。他那隊護衛寸步不離地跟過去，也都乾脆地丟了刀劍。

洛將軍卻在動身之前偏過頭，對留在城外的心腹比劃一個手勢。

他不明白端王為何會對自己態度大變。他不懷疑端王，卻懷疑上了端王手下這批人，猜測他們在搬弄是非。那個手勢的意思，便是讓心腹見機行事，當戰則戰。

遠處隊伍末尾的輜車裡，庾晚音透過車窗的縫隙，望著城門處的動靜。

她吁出一口長氣，回頭望著夏侯澹，「等阿白的訊號吧。」

從城門到皇宮大殿，一路上全是伏兵。

以武將的敏銳，幾位將領自然很快察覺了這一點。洛將軍的臉色已經黑如鍋底。

林玄英則在行走間默默確認一下袖中藏著的武器，隨時準備開火。

無論內情如何，既然端王已經起疑，對他們來說就不是好事——直搗黃龍的難度增加了一點。

城外，隊伍裡突然起了一陣騷動。

庾晚音在車中感覺到，將車簾撩起一角，問：「怎麼回事？」

趕車的暗衛目力極佳，「禁軍統領來了，在讓人逐一搜查三軍，從隊伍裡拉了一些人出去，應該是在……找可疑人物。還有一隊人馬朝這邊過來了，可能要搜輜車。」

庾晚音心一沉。端王還是那個端王，不信任何人。

車裡的槍支已經分發完了，只剩下一些備用的火藥，還藏在一層糧草底下。不過若有人打定主意來查，終究還是會發現的。

庚晚音心跳得飛快，索性從車窗探出頭，發現禁軍將三軍中拉出去的人都趕到了城牆腳下，集中到一處，似乎想一併審問。

庚晚音道：「他們肯定是在找我們兩個。那他們會按照什麼標準拉人呢？」

暗衛又運足目力看了一下，「似乎……都是些身材矮小或者瘦弱之人。」瘦的可能是夏侯澹，矮的可能是庚晚音。

庚晚音心念一動。帶槍的那一千名精銳個個人高馬大，反而不在這個範疇裡，不會第一時間被查驗。

暗衛猛然加快語速：「娘娘，人來了！」

「算了，提早動手吧。」夏侯澹舉起槍。

庚晚音縮回腦袋，深吸一口氣，「等等，我有個主意。」

夏侯澹問：「什麼？」

庚晚音匆匆交代兩句，夏侯澹只來得及搖頭，來人就已經到了他們車前，揚聲道：「掀開看看。」

暗衛掀起車簾，庚晚音看了夏侯澹一眼，當先走了下去。

來人上下一瞧她的身高，毫不猶豫道：「拉走。」

庚晚音低頭被拉走了。

夏侯澹：「……」

來人又盯著跟下來的夏侯澹。

庾晚音昨夜將他打扮成一個虯髯大漢，為了搭配那一臉鬍子，還往他的衣物裡塞了些碎布，撐出一身横肉的模樣。

來人打量半晌，用下巴指了指輜車，「裡面是什麼？」

這人沒認出夏侯澹，夏侯澹卻認出了他。是個禁軍小頭目，邶山腳下臨陣倒戈投奔了端王。他身邊還站了兩個虎視眈眈的跟班。

夏侯澹眨眨眼，「亮槽（糧草）嘛。」

小頭目：「……」

小頭目愣是沒聽懂他這土到掉渣的口音，「什麼？」

「亮槽嘛。」夏侯澹回身搬下一箱糧草，打開給他看，「亮槽。」

「行了行了。」小頭目不耐煩道：「你，把貨物全搬下來攤開。」

夏侯澹慢吞吞地上車搬箱子，順帶遞給暗衛一個少安毋躁的眼神。

庾晚音被押到城牆腳下，果不其然在那群被挑揀出來的「可疑人士」中瞧見了啞女。

前幾日夏侯澹出現之後，為了嚴格保密，庾晚音沒再讓啞女貼身服侍。啞女不願離開，就換了男裝跟在軍中蹭吃蹭喝。沒想到今日卻吃了身材矮小的虧，莫名其妙就被拉了出來，正驚疑不定地縮在人群中。

此時整個人群都在騷動，膽大的直接嚷嚷出聲，問禁軍憑什麼抓自己。這些邊軍向來瞧不起沒骨頭的禁軍，此時又一上來就受了冷遇，不滿已經達到了極點。

禁軍溫統領踱了過來，「少廢話，一個一個搜身！」

庾晚音趁亂不動聲色地靠近啞女，低聲道：「是我。」

啞女聽出她的聲音，猛地轉頭。

「聽我說，」庾晚音悄悄拉住她的手，將一物塞到她手心，「妳會偷，應該也會反其道而行之吧？」

啞女：？

庾晚音用眼神點了點站在她們前面的一名漢子。他身上穿的是中軍的布甲。

夏侯澹搬了幾趟，再鑽入車廂後忽然沒了動靜。

小頭目等得不耐煩，「怎麼不出來了？」

夏侯澹道：「好腫（重）。」

「什麼？」小頭目探頭進去，見夏侯澹拿屁股對著他，不知在搗鼓什麼。

夏侯澹道：「忒腫了，搬不動。」

「不要玩什麼花招，趕緊出來！」小頭目拔出劍來往車廂裡擠，「我告訴你，外頭還有我的人——」

尾音戛然而止。

夏侯澹轉過身來，手中槍口正對著他。

小頭目險些當場尿褲子，「陛……陛……陛……」

「閉嘴。」夏侯澹偏了偏頭，「看來你認得這是什麼。那你應該也知曉它的威力吧？」

小頭目顫抖著點點頭，目光絕望地瞟向車簾。

「你呼救一聲，朕就親手送你歸西，很隆重。」夏侯澹心平氣和道。

小頭目頓時搖頭如撥浪鼓，「陛下盡……儘管吩咐，屬下一定照辦。」

片刻後，車廂裡傳出小頭目的嚷嚷聲：「這箱子確實太沉了，你們兩個上來搭把手！」

被他留在外面的兩個跟班依言鑽進車廂。

又過片刻，夏侯澹和暗衛帶著三套禁軍的衣服走下車，交給三名右軍精英，如此這般地吩咐了一番。

與此同時，城牆腳下傳出一聲驚叫：「找到了！」

只見禁軍將一名中軍漢子牢牢摁在地上，其中一人高舉起一個形狀古怪的東西，儼然與夏侯澹在邶山下亮出的武器一模一樣，「從他身上搜出來的！」

知道這玩意厲害的禁軍嚇得紛紛後退幾步。溫統領接過槍看了看，顫聲道：「去……去報給端王。」說著拿劍指著地上那人，一步步靠過去，示意手下去撕他的臉皮。

中軍漢子惱怒道：「什麼東西？我根本不知那是何物！你們這是栽贓！」

禁軍在他臉上撕了半天，沒撕出什麼名堂，發現這人不是夏侯澹，便要將他押走審問。

中軍隊伍一片譁然，洛將軍留下的心腹越眾而出，「溫統領且慢。這是什麼意思？」

溫統領握緊長劍，冷聲道：「我等奉端王之命搜查軍中奸細，還望各位協力相助，莫誤了大事。」

那心腹卻不吃這一套，又威脅地上前一步，「溫統領手上的正是鄙人堂弟，鄙人對他知根知底，這其中是不是有什麼誤會？」

這心腹聲望頗高，他一動，中軍大隊也跟著動了，齊齊上前一步，手中刀劍出鞘一寸。

溫統領猛然抬眼，驚疑不定地瞪著他。

中軍隊伍裡，三名正在搜查將士的禁軍微微抬頭。

其中一人踱步到正在檢查的那名將士身後，一隻手縮入袖中。

溫統領心裡摸不準中軍的立場，將手背在身後打了幾個手勢，提醒眾人警戒，面上呵呵笑了兩聲，正要說兩句好話穩住對方。

一聲炸響。

溫統領的腦門上多了一個血窟窿，原地搖晃一下，倒了。

空氣凝滯了兩秒。

左右禁軍當場嚇瘋，四散奔逃。

有人嘶聲喊道：「是中軍！是中軍射來的！」

城牆上瞬息間冒出無數伏兵，彎弓搭箭對準了城下大軍。

中軍隊伍立時亂了。那心腹駭然退入隊伍中，前排將士還未明白發生了什麼，就下意識豎起護盾，調整隊形，進入了備戰狀態。後排眾人則慌張四顧，卻找不出那聲炸響的來源——他們甚至不知道那是什麼東西發出的聲音。

心腹暴喝一聲：「我中軍對端王忠心耿耿，爾等宵小怎敢設計陷害！」

禁軍嚇破了膽。

溫統領已亡，副統領站在城牆上雙腿打戰。

中軍足足五萬將士造反，手中還有那離譜的武器，他們有多少人可抵抗？這都城能守幾天？端王那裡要如何交代？

副統領道：「放箭……放箭！讓左右兩軍快快策應！」

中軍則道：「後撤！後撤！洛將軍還在他們手裡！」

左軍：？

右軍幾名頭領早有準備，一聲令下，積極地率軍從側翼攻向了中軍。

林玄英等人在宮門外又被攔了下來。

一群內侍賠著笑上前道：「萬望幾位將軍見諒，而今入宮還得搜一遍身。」

林玄英心知端王在害怕什麼，暗暗冷笑了一聲。另外兩名將軍卻勃然大怒，洛將軍咆哮出聲：「你讓端王出來，讓他對著我說！」

內侍笑容不變，「殿下讓奴婢帶一句話，說是若沒有搜出什麼，他會親自對幾位將軍賠禮謝罪。」

洛將軍在發火與不發火之間遊移了幾秒。

林玄英適時開口，火上澆油道：「端王到現在都不露面，是不是被你們控制了？」

內侍卻像是早有防備，瞇了瞇眼，「幾位將軍大人有大量，莫要為難奴婢。」說著揮了揮手，一群侍衛從暗處現身，將一行人團團包圍。

邊軍當然不是任人拿捏的軟柿子，一見將軍被為難，赤手空拳擺開了肉搏的架勢。

雙方正在僵持，遠處突然傳來一聲高呼：「報——中軍反了！」

從剛才變故開始，城牆腳下那群「可疑人士」就已經散開了，趁著禁軍防衛鬆懈，朝著各自原本的隊伍逃去。

一片混亂中，庾晚音緊緊拽著啞女的手，將她拉回右軍的盾牌後頭。城牆上禁軍的箭矢全衝著中軍飛去，倒給了他們喘息的餘地。

事實上，這正是她這個臨時計畫的最終目的。

趁著禁軍與中軍內耗，右軍中持槍的那一批精英已經悄然接近城牆，藉著隊形調整，將槍口對準牆上——而禁軍還一無所覺。

「娘娘。」一個眼熟的巨人迎了過來，靠身形猜出她是誰，護著她們朝隊伍後方退去。

庾晚音問：「陛下呢？」

「這。」夏侯澹鐵青著臉擠過來，朝她伸出手，「別再亂跑了。」

庾晚音笑著握住他的手。

夏侯澹將她拉到自己身後，轉向巨人點了點頭。

巨人舉起槍來，一聲暴喝：「殺！」

此時的宮門外，洛將軍的人正與端王派來的侍衛殊死搏鬥。

他們也不是沒留後手，或許是進城之前就起了疑心，一行人都貼身藏了暗器。加之武藝高強，一時間竟與端王的人打得有來有往，愣是逼出了四周不少伏兵。

不過畢竟人數太少，終於一個個倒下，只剩洛將軍還在苦苦支撐。

林玄英躲在一旁冷眼旁觀到此處，看清了所有伏兵所在，又判斷一下雙方戰力，終於動了。

他抬手一槍崩了那內侍，道：「動手！」

對當日在場的所有人而言，這是永生難忘的一天，但他們中的絕大多數，到死都說不清當時發生了什麼。非要用語言描述，大概也只有「天罰」二字可言。

前一秒，中軍還在遭受三面夾擊。城牆上的禁軍飛箭如蝗，右軍積極參與圍攻，不明所以的左軍聽見禁軍的嚷嚷聲，只得後知後覺地跟上。

但圍攻的三方各自為戰，互不相應，誰也使喚不動誰。而中軍畢竟是百戰之師，乍遇突襲慌亂了一陣，隨即便布成陣勢果斷應戰。他們的人數有壓倒性優勢，兩翼鐵騎又配合默契，橫衝直撞一陣，竟真的衝亂了左右兩軍的隊伍，又從輜重裡搬來了飛梯朝城牆架去，大有一不做，二不休之勢。

禁軍被這騰騰煞氣嚇慌了，一波波箭矢不要命地朝中軍射去，要阻住他們攻城。

直到右軍的隊伍裡傳出那一聲「殺」之前，戰況還在膠著——

下一秒，天翻地覆。

那究竟是什麼聲音？不是沙場上空迴盪了千年的金鼓聲，卻像是無數道炸雷，裹挾著九霄之上的怒意，朝著城牆與中軍同時劈去。

城外將士駭然抬眼，只見那雷聲過處，騰起一片飛濺的血霧。

沒有已知的武器能造成那樣恐怖的破壞。

第一排禁軍連帶著副統領，在幾息之間祭了天。

中軍幾名領頭的副將，驍勇一生，直到栽下馬去成了鬼，也沒明白擊中自己的是什麼。

其餘人尚在驚恐中呆若木雞，那天罰卻毫無止歇之意，又朝他們轟來。

沒有已知的防禦能與之抗衡。

那些為擋住刀槍劍戟而設計的盾牌與盔甲，似乎突然成了鹵水豆腐。天雷肆意地狂轟濫炸，粉碎了兵馬的血肉，也將眾人的戰意踐踏成了齏粉。

終於，有人顫聲喊道：「右軍……是右軍！」

他們百般戒備的「可疑人士」露出了真面目——不是一個，不是兩個，而是一支軍隊。

能被洛將軍帶到都城來的中軍將士都是精銳，多年征伐，所向披靡，百折不撓，但此刻，最前排的甲兵潰退了。

他們面對的不是戰爭，而是單方面的屠殺，是幽都門開，十殿閻羅座駕親臨。

這一退，便一發不可收拾，完整的陣形瞬間崩成了一盤散沙。眾人爭先恐後地向後奔逃，而後排卻還有不明情況的兵馬在向前擁擠，人群撞在一處跌倒疊壓，猶如失控的蟻群。

中軍都成了這樣，更遑論禁軍。

城牆上的攻勢再也不成氣候，嚇破了膽的兵卒只想縮回牆後逃命。

倒也有不怕死的禁軍，仗著地形優勢，還想朝下射箭；也有終於理解發生了什麼的左軍，隔著中軍沒看清右軍的武器，此時無畏地殺將過來。

然而，潮水一般頂上的人群，很快也如潮水一般被拍散了。

右軍準備了多時，彈藥充足，彷彿無窮無盡。林玄英留下的幾名心腹巨人指揮有度，從拔槍開始就再未折過一兵一將。

巨人看準時機，大手一揮，「架飛梯！」

城中，林玄英一槍一個，三槍便崩了內侍與兩名將軍，乾脆俐落地收割了幾方人馬的頭領，又朝餘人殺去。

他帶進來的小隊都是絕世高手，行動間更是迅速，對上端王的伏兵，幾乎彈無虛發。

宮中雖然還有人手源源不斷地奔出來，但明顯士氣不足，甚至沒勇氣踏進射程，只敢遠遠地打轉，時不時飛一些箭矢暗器過來。

林玄英尋了掩體避著，看出他們想耗盡己方的彈藥，嗤笑一聲，「想得倒美。」

他聽著遠方城門處的悶雷聲，悠然道：「你猜他們還有多久能破城？」

這一天，城內城外都經歷了一場科技的洗禮。

事實上，右軍在第一波無差別轟殺之後，便開始一心一意地攻城，反而不再對左、中兩軍開火。然而左、中兩軍緩過一口氣來之後，卻仍是躊躇不前。

城門轟然告破。

右軍開始摧枯拉朽般清理城內的禁軍。

中軍隊伍裡，有人恥於當逃兵，掙扎著朝右軍舉起長戟，腳下幾番發力，竟是重若千鈞，遲遲邁不出一步。

「噹啷」一聲，長戟脫手墜地。

那小卒恍若未覺，喃喃道：「這莫非是天要亡我？」

便在此時，城門上掛下了一面旗幟。玄黑的底色，以金線繡出蛟龍圖案，九條織帶在獵獵寒風中飄拂。

龍旂九旒，天子之旌。

夏侯澹攜著庾晚音的手登上了城牆。他們臉上的偽裝已經盡數卸去，站在高處靜靜俯視著城下叛軍。

巨人在旁邊聲若洪鐘，傳出老遠：「吾皇在此，還不來降！」

叛軍麻了。

今日之前，這些將士頂多猜到自己要來替端王幹活，對付殘存的擁皇黨。沒人告知過，他們在對付皇帝。

對付皇帝，那是什麼罪？

左軍還剩一個副將軍未死，此時也在絕望中走向了瘋狂，嘶聲喝道：「吾皇已崩，這一定是右軍找人冒充的！右軍……右軍才是叛賊啊！」

巨人轉頭看了看夏侯澹。這種時候，就該由皇帝本尊出面來彰顯天威了。

夏侯澹點點頭，醞釀了一下。

夏侯澹道：「一條斷脊之犬，還敢在我軍陣前狺狺狂吠，我從未見過有如此厚顏無恥之人！[1]」

右軍聽見罵聲，殺聲震天。

庾晚音：「……」

夏侯澹感覺到她在瞳孔地震，小聲笑了一下道：「這句臺詞我已經憋十年了。」

1 一條斷脊之犬……如此厚顏無恥之人：出自電視劇《三國演義》中的經典臺詞，後成為網路流行語。

巨人：？

夏侯澹又提聲道：「賊子夏侯泊矯詔，召外兵至京師，謀殺帝后，罪大惡極，而今事已彰露，人共誅之！」

他這通身的煞氣，委實不是哪門子冒牌貨能學出來的。

那副統領心裡其實非常清楚這一點，雙腿一軟，當先跪了下去，面如死灰道：「微臣……萬死！」

夏侯澹掐著時間停頓了一下，才把話說完：「但皇后開恩，念在爾等脅從不明真相，今日倒戈來降者不殺。」

叛軍降了。

右軍氣勢如虹殺進城中，與林玄英裡應外合解決了頑抗的禁軍，又火速奔著皇宮去了。

城中百姓縮在家中，只聽到窗外大軍地動山搖地踏了過去，還在瑟瑟發抖，不知這回又要躲幾天，殊不知這天已經變完了。

夏侯澹坐鎮城外，片刻後林玄英的心腹來報：「端王躲在寢宮裡不出來，還將太子和國丈府中老小扣作了人質，林將軍不敢強闖，讓屬下來請示陛下……」他似乎有些疑惑，但還是照實轉述道：「請示陛下，『能不能抄那條近道』。」

夏侯澹：「……」

夏侯澹道：「抄吧。」

林玄英熟門熟路地帶人繞去冷宮，撬開門鎖，掀起一堆掩人耳目的遮蓋物，爬進那條地道的入口。

他們從地道另一頭爬出來的時候，寢宮裡正在上演一齣鬧劇。

有個太監見外頭情勢急轉直下，苦勸端王「留得青山在，不怕沒柴燒」，作勢要推著他的輪椅帶他出逃，卻在瞬間掏出匕首，想殺了端王做投名狀，以期保住自己的小命。

瘦死的駱駝比馬大，夏侯泊再狼狽，好歹還有幾個死士躲在暗處保護。死士跳出來擒住了太監，而夏侯泊暴怒之下，活活擰斷了太監的脖子。

夏侯泊此時已在精神失常邊緣，自己操縱著輪椅移動到那群人質前，伸手點了個女人，對死士道：「殺了她，把頭割下來丟出去，給夏侯澹看。」

林玄英便在這時帶人從床底下跳出來，快準狠地射殺了所有死士。

夏侯泊轉頭望著他們，似乎笑了一下，眼中閃著冷然的快意，對林玄英舉起手中一物——正是被庾晚音嫁禍給中軍、又被禁軍查收後送進來的那把槍。

林玄英瞳孔驟縮，閃身朝一旁躲去——

夏侯泊卻倒轉槍口對準自己，摸索著扣動扳機——

無事發生。

庚晚音早在輜車裡計畫時，就卸掉了這支槍裡的彈藥。

林玄英的人隨即撲上去制住端王，綁他的四肢，又拿布團塞進他嘴裡，防止他咬舌。

林玄英心跳尚未平復，拍著胸口走回他面前，報以一個惡意的微笑，「端王殿下竟想尋死？陛下若是得知了，該多——傷心啊。」

當下林玄英帶著人清剿城中的端王餘黨。

由於擔心端王狡詐，留了死士作為後手，夏侯澹和庚晚音暫時沒有入城，而是繼續留在城牆上，對城外的大軍發表動人演說。

收繳叛軍所有武器後，庚晚音指揮著人手救治傷患，夏侯澹則臨時點了幾個積極投誠的小頭目，讓他們幫忙維持秩序。

殘局收拾到一半，林玄英親自出來了，面色有些難看，示意夏侯澹借一步說話。

「我們找到了端王拿來冒充你的那具屍體。」城牆內側，林玄英將夏侯澹帶到一口棺槨前，示意手下推開棺蓋，露出了裡面的屍身。

夏侯澹走過去，垂眸看著這個面色青白、死不瞑目、以假亂真的自己。

太像了。

像到即使是最熟悉他的人，也很難看出端倪的地步。

能模仿到這種程度，不僅需要高超的技藝，還需要對他非常非常瞭解……

庾晚音跟過來的時候，就看見夏侯澹如同突然凝固了一般，站在棺槨邊一動也不動。

林玄英語聲低沉：「我原想著把屍體抬出去，當眾揭開偽裝給大家看看，免得日後再起什麼真真假假的流言。但我見那層面具已經被人揭過了，就先看了一眼……」

他摸到屍體臉上一層薄薄的面具，將之輕輕揭開一角。

北舟靜靜躺在他們面前。

庾晚音腳軟了一下，踉蹌著站住。

夏侯澹則仍舊低著頭，許久都沒任何反應。

林玄英想起與這便宜師兄相處的那些時日，再見到北舟這般死狀，心臟也是一陣揪緊。但他刀口舔血這麼多年，見慣了各種屍體的慘狀，深吸幾口氣也就鎮定了下來，「我讓人去查，找來一個太醫院的，說是知道些內情，陛下可要見見？」

蕭添采被帶了過來。

他侷促不安地行了禮，抬頭瞧見庾晚音時，又偷偷對她點頭致意。庾晚音愣了一下，想起他還不知道謝永兒的死訊，心頭彷彿又被插了一刀，用盡全力才維持住表情。

蕭添采道：「啟稟陛下，此人……北嬤嬤……北……北先生？」他自己被稱呼絆住了，小心翼翼地覷著夏侯澹的臉色。

夏侯澹道：「講。」

蕭添采只得自己選了個稱呼，「北先生是被中軍送進宮中給端王的。他當時扮作陛下的樣子，不僅僅是外貌，連言行舉止都學得惟妙惟肖，宮中沒有任何人看出端倪，端王也並未起疑。」

「端王當時應該是想要軟禁陛下，所以找了太醫替陛下……替北先生治傷。我作為弟子，也跟著去打下手。北先生傷得很重，氣息奄奄，脈象微弱，已是不太好了。但意識還清醒，與人對話時，完全就是陛下的樣子。師父替他把脈時雖覺得脈象和陛下有些出入，但並不十分確定，又因為畏懼端王，並未立即說出口。」

「回到太醫院後，師父左思右想，才告訴我脈象一事。我對端王……很是仇恨，便勸師父瞞下此事，任由端王繼續被蒙在鼓裡。」

「直到幾日之後，北先生傷情惡化，吐血昏迷了過去，宮女為他擦拭血跡時，無意中發現他臉上的偽裝。我當時送藥過去，恰好撞見宮人慌慌張張奔去稟告端王。我心知不妙，就用迷藥迷暈了門口侍衛，溜進去用針刺了北先生的大穴，將他弄醒過來，告訴他端王要發現了。」

「也是直到那時，我才知道原來他就是陛下身邊的北嬤嬤。」

「他也認出了我，面上不顯驚慌，只問我端王有沒有抓到真的陛下。我說沒有。他又讓我一定要治好陛下的毒症，我說……我自當盡力。他笑著稱謝，又說自己這幾日來一直在找機會殺了端王，無奈端王始終不露破綻，他又傷重無力。眼下只剩最後一次機會，想叫我幫忙。」

蕭添采說到此處，似是想到了當時的畫面，語聲多了一絲哽咽。

「我知道他要拚死一搏了，便又替他行了一遍針，逼出他身上僅存的內力。他讓我躲遠些別叫人發現，又躺回去裝昏，等著端王過來。」

「再後來，我躲得太遠，只瞧見端王是帶了一群手下一道進去的，沒過一會兒，其中一個手下的屍體就被抬出來了。所以我猜測，是端王狡詐，自己不敢上前，卻命手下去查探北先生的情況。北先生實在沒有辦法，最後只能帶走一個嘍囉……」

夏侯澹似乎打定主意要站成一具石像，站到天荒地老。

庾晚音等了片刻，輕聲讓林玄英帶走了蕭添采。她自己走到夏侯澹身邊，拉住他的手。彼此都冷得像冰。

夏侯澹道：「我明明已經告訴了他，我不是他的故人之子。」

庾晚音問：「……什麼時候？」

「最後一次分別前。」

庾晚音在心底長長地嘆息一聲，「北叔生命中的寄託太少了。也許在他心裡，你已經是他的孩子了。所以……他是心甘情願的。」

不知過去多久，林玄英又回來了，見他們還站在棺槨邊，搖了搖頭，上前運力推上了棺蓋，「別看了。算算日子，我師父這段時間也該出關了，我去送封信給他。他跟北師兄是至交好友，這棺槨在何處下葬，得聽聽他的主意。」

他拍了拍夏侯澹，「我師父很厲害，算準了很多事，或許他對你身上的毒也有良策。行了，別站著了，要不我給你找個沒人的地方，痛快哭一場？」

夏侯澹轉了個身，眼眶卻是乾燥的，「看好夏侯泊，可千萬別讓他死了。我得好好計畫一下，怎麼款待他。」

夏侯泊被關進天牢最深處的一間暗室，享受了由皇家暗衛親自看守的奢侈待遇。這些暗衛在原作中也跟隨夏侯澹到了最後一刻，直到被端王趕盡殺絕。這一次，乾坤扭轉，他們倒是得以倖存。然而他們每個人都是北舟親自訓練出來的，見到夏侯泊，一個個恨得咬牙切齒，自然不會讓他好過。

暗室既無窗戶，也不點燈，黑得伸手不見五指，更無從判斷時間的流逝。

空氣中瀰漫著一股惡臭。

夏侯泊的輪椅早就被收走了，雙手也被縛住，只能躺在潮濕的草垛上。或許是因為高燒，他已經逐漸感覺不到雙腿的劇痛了。

除去排泄物的臭味，他還能聞到某種揮之不去的腐爛味——自己的軀體正從內部開始腐敗。

他汗出如漿，奄奄一息，在黑暗中徒然地瞪大雙眼。冥冥中他總有一種錯亂感，彷彿自己這一生不該是這個走向、這個結局。

不知何時，他墜入了幻夢之中。

那是一個逼真的夢。夢裡他頭角崢嶸，算無遺策地弄死了太后與皇帝。旱災來時，舉國餓殍無數，民不聊生；燕國乘虛而入，燒殺擄掠。但他，文治武功的攝政王，一舉打退來敵，又憑著至高聲望，帶領大夏百姓熬過艱難歲月，最終由太子禪讓皇位，成了一代明主。

他躊躇滿志地睥睨天下，身邊還站著一道纖細的倩影。他以為那是庾晚音，然而轉頭時，卻怎麼也看不清對方的面容。

正自疑惑，一盆冰水兜頭而下，他摔回了牢籠地面。

夏侯泊瞇著眼睛轉頭望去。

庾晚音手執燭臺，靜靜站在鐵欄外。緋紅的燭光自下而上映在她姣好的臉上，莫名透出一絲陰森。

沉默幾秒，夏侯泊嘶啞道：「我夢見妳預言過的畫面了。我站在萬山之巔，八方來拜。」

庾晚音近乎憐憫地望著他。

夏侯泊立即被這眼神激怒了，完好的半面上卻只露出哀愁，「晚音，到最後了，妳說一句實話，妳的『天眼』是真的存在，還是一個幌子？」

庾晚音笑了，「當然是真的。你剛才夢見的正是你原本的結局，很美好吧？早說你在做這個夢嘛，我這盆水可以晚點再澆的。」

夏侯泊：？

庾晚音道：「打斷你的美夢了真不好意思，不如我來補充一些細節吧。」

她貼心地描述起來，他是如何旗開得勝，麾下的中軍將士如何與他並肩作戰，君臣相得……

夏侯泊勉強維持的平靜終於繃不住了，「不用說了。成王敗寇，我以一介凡夫之身與爾等抗衡，到最後落敗了也無話可說。只是你們憑著天眼，暗中使奸計策反三軍，實非君子所為。」

庾晚音聽見夏侯泊居然要定義君子行徑，差點樂了，「忘記告訴你了，中軍並沒有背叛你。中軍千辛萬苦為你抓來陛下的時候，自己也不知道那個陛下是假的。」

她已經和夏侯澹想過了，當時北舟帶他逃出邶山後，因為重傷獨自離隊，選擇的正是北方——那是中軍趕來的方向。

如今站在北舟的視角，不難分析出他當時的計畫。假扮夏侯澹，是為了替他分散火力；故意被抓捕送入宮中，是為了刺殺端王；而選擇中軍，是為了挑撥離間。他是中軍抓來的，即使失敗暴露，至少也能在端王心中種下一顆懷疑的種子。

而他所料不差，這顆種子果然汲取了端王心中的涼薄殘忍，生根發芽，茁壯成長，最後結出了惡業之果。

北舟什麼都明白。

但他做出這計畫的時候，才剛得知夏侯澹的真實身分。那一刻他心中轉過了什麼念頭，他們卻永遠不會知曉了。

正如她永遠無從得知，謝永兒走出馬車去為她拖住木雲的那一刻，究竟知不知道自己在走向死亡。

庾晚音心中越痛，面上就笑得越開心，「你知道嗎，洛將軍直到咽氣，都以為你是被禁軍挾持了，而他在解救你。嘖，中軍將士若是在天有靈，得知你僅憑一點似是而非的懷疑，就恩將仇報，鳥盡弓藏……會做何反應？」

「我沒有——」夏侯泊的五官扭曲起來，「那是你們從中作梗！」

庾晚音充耳不聞，「實話說，到了那一步，無論中軍如何，勝負都已成定局了。即使陛下與我雙雙身死，右軍也會趕來送你一場煙花。」

夏侯泊想到他們手中那逆天的鬼東西，越發嫉恨得眼前發黑。

上蒼怎能如此偏心，讓他一生如螻蟻般掙扎，卻給夏侯澹如此厚愛？

庚晚音彷彿看穿了他的想法，「其實，你曾經有過一次翻盤的機會。老天爺為你送來過一個人，一個可能打敗我們的人。而她對你情根深種，準備好與你並立世間，琴瑟和鳴。」

夏侯泊的眼前驀地閃現出夢裡那道面目模糊的身影。有一個活潑的聲音在他耳邊說著：「永兒會陪殿下走到最高處……」

「住口。」他斷聲道。

他要的是最好的，最好的——

所以，他甚至記不清她的長相了。

庚晚音漠然地望著他，「早在很久很久之前，你就親手葬送了自己唯一的勝算。」

夏侯泊突然爆發，「住口！若不是妳……若不是妳……」

他說不下去了，因為庚晚音唇邊浮現出一抹諷刺的冷笑。

夏侯泊深吸一口氣，「我已一敗塗地，還請娘娘自持，賜我一個痛快。」

「痛快？」庚晚音搖了搖頭，「我可不是來殺你的，我是來救你的。」

她轉頭示意暗衛打開牢門，點起燈火。

一群宮人與太醫苦著臉走進了鐵欄，捏著鼻子開始沖洗地面，為他擦身消毒。

庚晚音道：「你這兩條腿是不能要了，趁早鋸了，說不定反而能救你一命。」

庚晚音回憶著腦中那點現代醫學知識，又對太醫交代了幾句消毒和止血事項，然後讓宮人往夏侯泊嘴裡塞了團布，「端王殿下，千萬別死哦。只要活著，就還有翻身的希望，不是嗎？」

她惡意地微笑了一下，轉身朝外走去，穿過天牢長長的甬道時，身後傳來了被布團悶住的尖銳哀號。

這個截肢手術的結果傳到御前時，夏侯澹正在與李雲錫等人開會。

這幾人見了他自然是熱淚盈眶，百感交集。

夏侯澹強行攔住了李雲錫的過激舉動，正對他們交代著要事，太醫過來了，戰戰兢兢道：「端……夏侯泊撐下來了，但還需退燒醒轉，才算是性命無虞。」

夏侯澹揚起眉，「撐下來了？他還真是百折不摧啊。」

這句話說得彷彿在真心誠意地誇獎他，甚至還透出一絲由衷的喜悅。老太醫嚇得跪在地上不敢抬頭，開始反思自己救活夏侯泊究竟是對是錯。

接著便聽夏侯澹吩咐道：「截下來的那兩條腿，扔進鍋裡燉爛了，等他醒後端去他面前。除此之外，三日內別給他吃食。」

太醫告退時連路都走不直了。

李雲錫的臉色也白了，欲言又止了一下，似乎在斟酌要不要拿為君之道諫言一番。然而對上夏侯澹的眼神時，卻被一股無由的恐懼攫住，那已經張開的嘴唇硬是閉了回去。

那一瞬間，他感覺眼前的皇帝……是真的要瘋了。

第二十五章　鳳棲於梧

都城中百廢待興。

林玄英還在帶人巡查，將流竄的叛軍斬草除根。

最終贏家夏侯澹似乎並不打算慢中求穩，剛回到龍椅上，就迫不及待地開始了大清算。

端王黨徹底退出歷史舞臺。

有些資深太后黨，在太后倒臺之時將寶押給了夏侯澹，此時還沒來得及慶祝自己賭對了人，就等來了罷黜或貶謫。

盤根錯節的勢力被連根拔起，倖存了三朝的老臣被一褫到底。無數府邸被查封，無數私庫被撬開。

而先前那些與端王作對的文臣，有些被關在牢裡，有些躲在府中，還有些已經在回老家的路上，被一個個地召回來官復原職。除此之外，皇帝還拔擢了一批多年來苦熬在底層的官員，填補朝野空缺。

李雲錫等人以不可思議的速度空降到了高位。

皇帝剛神兵天降地除去了端王，而那邪門的「神兵」此時還在都城裡巡邏，正是勢不可當、威望最盛之時。所有人都被嚇傻了，這時別說是朝堂換血，就算夏侯澹要率軍搬走邶山去填海，也沒人敢質疑。

當然，這不是他如此心急的唯一原因。

如此粗暴的權力交接，確實有些操之過急。而以他處理端王餘黨的方式，少不得又要擔上暴君之名。

但有些事，他不想留給庾晚音去做。

庾晚音在研究輿圖。

他們盡力將傷亡控制在最低，但此番三軍叛亂，一路與各州守軍交戰，還是造成了一些破壞。那些損毀的城池道路正等著修補，新上任的工部尚書剛遞來摺子。

庾晚音想起謝永兒生前計畫的快遞和外送事業，便要來了輿圖，在主要道路上圈圈畫畫。趁此機會，正好可以規劃一下交通運輸。

她不知道憑自己有限的能力，能在有生之年將這個世界改變成什麼樣子。但如今原作中的內憂外患已經一一平靖，天下英才正朝麾下擁來，至少在肉眼可見的未來，一切都會朝好的方向發展。

身邊傳來動靜，啞女端來了茶壺為她添茶。

人靠衣裝，原本乾瘦如柴、蓬頭垢面的小偷，在拾掇清爽、換上宮女的衣裙後，居然也顯出了幾分少女的清秀。只是面色依舊蠟黃，一看就是長期營養不良所致。

庾晚音感念她一路上出的力，又怕她在宮中受人欺負，便將她收在身邊。啞女生性機靈，很快適應這份新工作。

庾晚音見她若有所思地瞥著桌上的輿圖，便招招手，「過來看看，找得到故鄉在哪嗎？」

啞女看了一下，搖了搖頭，也不知是想說「找不到」還是「不記得」。

她又指了指庚晚音。

「妳問我？」庚晚音想了想，自己的來處根本不在這個次元。她又在圖上找了找庚少卿府，也指不出在哪。最後只說：「我也不記得了。」

啞女：？

「不過沒事，現在我已經有了新家。以後，妳也會找到的。」

庚晚音想起夏侯澹那句「妳就是我的故鄉」，笑意剛浮現，轉瞬又變得黯然。

一切都在變好……只除了一件事。

都城裡的混亂平息後，她第一時間召見了蕭添采。

在他們離宮期間，蕭添采一直沒放棄過那個「以毒攻毒」的方向，成日撲在醫書堆裡翻找。

蕭添采道：「先前陛下身中的兩種羌國奇毒，我都找到了殘存的古方。但古方不全，而且其中幾味藥材名字極其古怪。再查下去，只查出是羌文，至於指的是何種藥材、大夏境內有沒有，就不得而知了。」他遞上自己謄抄的方子，「娘娘可否派人去羌國查探？」

羌國因為收留了燕王紮欏瓦罕，此時正在被圖爾率軍征伐，殺得一片焦土。

即使她現在去信讓圖爾逐一拷問戰俘；即使他們撞了大運，真能從俘虜口中問出點什麼；即使圖爾立刻搜齊藥材寄回來——一來一去，至少也要三個月。

但距離夏侯潧上一次凶險的發作，已經過去了十日。庚晚音不知道他什麼時候就會毒發身亡，但多半，等不了三個月。

庚晚音道：「那你能不能猜測這幾味藥材的作用，在大夏找出替代品？」

蕭添采道：「……假以時日，或許可以。」

「假以時日？」

「至少三年。」蕭添采跪下謝罪。

庚晚音還能說什麼呢？她說：「起來吧，這不怪你。」

如今只能送信給圖爾，寄希望於一個奇跡了。

在她長久的沉默中，蕭添采幾番欲言又止，終於還是忍不住，「敢問娘娘，謝妃她……出行可還順利？」

庚晚音：「……」她不敢看他的眼睛，「離宮之後就失去了聯絡。」

蕭添采愣了愣，面露憂色，「啊。」

「我會派人去找她的。」庚晚音說著，攥緊了手心。

該不該告訴他？

該怎麼告訴他？

謝永兒死前特地讓他們瞞著蕭添采，當時說的是「他知道我死了，說不定會罷工」。

但或許，她真實的心思是不想讓他難過吧。

如果只當她斷了音訊，消失在天涯，至少還留了一份念想……

庾晚音心中還在糾結，蕭添采卻已經道謝告退了。

「等等。」庾晚音從袖中取出一封信遞給他。

這是謝永兒離宮前夜，託付她轉交的信。這一路上顛沛流離，她一直貼身保管，終於完整地帶了回來。

蕭添采一刻也不願多等，甚至當著她的面就拆開讀了起來。

庾晚音不知道謝永兒會寫些什麼，忐忑地覷著他的臉色。

蕭添采讀著讀著，居然燒紅了面頰。他慌亂地收起信紙，告退時險些同手同腳，卻掩藏不住眼神中的雀躍。

庾晚音一動也不動地站在原地目送他離開。

一切都在變好……只是那個美好的未來裡，沒有他們的容身之所。

又過兩日，林玄英突然稟告：「家師來了，正在宮外等候傳召。」

夏侯澹親自去迎，庾晚音精神一振，也跟了過去。

無名客長得仙風道骨。一身布衣，鬚髮皆白，偏偏從面容又看不出年齡。一雙吊梢狐狸眼，含笑的目光逐一掠過幾人，卻又像是穿過了他們的身軀，望進了虛無之所。

簡而言之，長了一張指路NPC（非玩家角色）的臉。

四目相對，卻是夏侯澹先行了一禮，「久仰先生之名。」

眼前之人先後為他們送來了林玄英和北舟，確實當得起這一禮。

無名客並不像許多傳說中性情古怪的高人，他溫和地回了一禮，道：「陛下，娘娘，辛苦了。」

庾晚音一怔，只覺得他這一聲洞察一切的慰問，也很有指路仙人的風範。

幾人身畔掠過一陣勁風，是林玄英越過他們，一個助跑飛撲了過去，「師父！」

無名客抬起一根手指，猶如豎起了一面氣牆，愣是將他擋在半空不得寸進，「阿白，出師數年，怎麼功力沒什麼長進？」

林玄英大呼冤枉，「我容易嗎！要練兵，還要打仗，還要到處找解藥……」

提到解藥，庾晚音連忙望向無名客。對方卻並無反應，只是微笑道：「你做得很好。」

林玄英立即膨脹了，「確實。」

無名客：？

片刻後，幾人站在北舟的棺槨前。

無名客端端正正上了一炷香，輕聲道：「數年前一個雷雨夜，我在山頂意外見得天地之變，陰陽之化。那一卦耗盡我半生修為，不得不閉關數年。異世之人遠道而來，對此世來說，卻是意外的轉機。然而潛龍勿用，陛下初來乍到，命格重寫，中有大凶之劫。」

他微微一嘆，「欲涉大川，當有益道。北舟陪伴陛下渡過此劫，也是求仁得仁了。」

庾晚音似懂非懂，忍不住問：「先生勸北叔來都城找陛下時，已經知道他會……擋災而死了嗎？」

無名客沉默不語，面現悲憫。

庾晚音有些不能接受。

勘破天機者，卻不能救人，甚至還要從中推波助瀾，引領他們走向既定的結局。既然如此，勘破又有何意義？

無名客轉身望著夏侯澹，「北舟曾對我說過，他身死之後，希望能葬在故人身邊，永遠陪伴她。還望陛下成全。」

夏侯澹點頭應了。

庾晚音心中湧現出無數疑問。

無名客能算出所有人的命運嗎？那他知道夏侯澹的未來嗎？這未來還有多長？能改變嗎？

他勘破天機後送來了林玄英，而林玄英這麼多年四處求解藥，卻依舊對夏侯澹的毒無能為力。這是不是意味著，無名客也束手無策？

又或者，夏侯澹存在的意義就是為這片天地帶來新生，然後像流星一樣消逝？

然而他們已經走投無路，僅存的希望就在眼前。

庾晚音張口欲問，卻被夏侯澹搶了先，「依先生之見，夏侯泊該如何處置？」

無名客道：「帝星復明之前，國之氣運一直懸於武曲、貪狼。而今貪狼已隕，武曲暗淡。但氣運仍未完全歸攏，此時若讓他死於非命，武曲寂滅，恐傷國祚。萬望陛下三思。」

夏侯澹道：「難道為了世界照常運轉，必須養他到壽終正寢？」

「事無絕對，只消帝星歸位後……」

夏侯澹舉起一隻手，「慢點死就行？」

無名客道：「是這個意思。」

他瞇起眼睛捋了把雪白的長鬚，「人法地，地法天，天法道，道法自然。天地之間自有大勢，猶如洪流，湯湯然而莫能遏。如果逆流而行，常如螳臂當車，無從破局。」

庾晚音總覺得他意有所指。

她憋了一路的問題就在嘴邊，此時卻不敢問出口了。她害怕答案是「聽之任之」。

無名客恰在此時道：「順天命之所指，此之謂聞道也。」

庚晚音的心一沉——說這句話時，他的眼睛直直望著自己，其中似乎有詭祕的笑意。

無名客輕聲問：「記得我當年寄來的那二十四字嗎？」

皇命易位，帝星復明。熒惑守心，吉凶一線。五星並聚，否極泰來。

或許是因為聽多了無名客神神道道的禪機，這天夜裡，庚晚音做了一個夢。

她在穿行過一條狹窄的長廊，迎面遇到的宮人每一個都神情焦灼，一副大難將至的模樣。他們如此惶急，以至對她行禮都很敷衍，更無人張口問她為何來此。

她的手在袖中打戰，掌心被冷汗打濕，不得不更用力地捏緊手中的東西。

她要做什麼？

——去殺一個人。

為何要殺他？

——想不起來，但必須去，馬上去。

「庚妃娘娘，陛下正等著呢。」安賢推開門來，朝她行禮。

安賢？安賢不是被端王擰斷了脖子嗎？自己又何時變回了庚妃？

庚晚音隱約意識到這是夢境，然而夢中的四肢卻脫離了自己的掌控，一步一步地朝著那張龍床邁去。

不能去，快停下！

她撩開床幔，顫聲道：「陛下。」

床上形如枯槁的人動了動，一雙陰沉沉的眼睛朝她望來——

庚晚音喘著粗氣彈坐而起。

「晚音？」睡在旁邊的夏侯澹迷迷糊糊地睜開眼。

庚晚音仍然僵直著，發不出聲音來。

夏侯澹支起身，讓守夜的宮人點起燈燭，又把人揮退了，轉頭望著她，「怎麼臉色這麼難看？做噩夢了嗎？」

「你還記不記得……」庚晚音發現自己聲音嘶啞，「剛認識的時候我告訴你，《穿書之惡魔寵妃》裡的暴君是在全書結尾處死於刺殺？」

「嗯，但妳當時想不起刺客是誰了。」

庚晚音艱難地張了張嘴，又閉上了。

她剛剛想起來是誰了。

原作中的她對端王一往情深，卻處處被謝永兒壓過一頭，始終得不到心上人的青睞。她幾次三番作死後，端王甚至對她心生厭惡，直言再也不願見到她。

絕望之下，她送了端王一份終極大禮。

她用淬毒的匕首刺傷了夏侯澹，給了端王一個名正言順入宮勤王的機會。

暴君傷重而亡，妖妃卻也沒能善終。端王不允許自己光輝的一生裡留下謀逆的污點，賜了她三尺白綾給暴君陪葬。

是啊，一切都是毒婦作亂，偉大的救世主別無選擇，只好含淚登基。

儘管知道這段劇情只屬於原作，庚晚音還是被這個夢的內容和時機噁心到了。

夏侯澹問：「夢見什麼了，要不說給我聽聽？」

「……沒什麼。」庚晚音說不出口，低聲咕噥，「就覺得很奇怪，為什麼偏偏是在今天，見過無名客之後……」剛見過一個神棍，轉眼就夢到早已遺忘的劇情，讓人很難不視之為某種徵兆。

她不肯說，夏侯澹也就不再追問，「沒事，夢都是假的。妳只是最近心情不好。」

他點評得客觀極了，彷彿她「心情不好」只是因為晚飯不合口味，而不是因為自己快死了。

庚晚音籲了口氣，「睡吧。」

正如他所說，這段劇情當然不可能發生。謝永兒已死，夏侯泊已殘，原作中所有的天災人禍都被扼殺在了搖籃裡。他們已經改命了，甚至連天上那所謂的「五星並聚」都已經過去了……

庚晚音渾身一震，再次坐了起來。

不待夏侯澹問詢，她跳下床飛奔到窗邊，推開窗扇朝外望了出去。

夏侯瀶道：「妳怎麼連鞋都不穿？」

視窗視野受限，庾晚音看了半天沒找到，又衝出後門。

夏侯瀶披頭散髮追了出來，為她罩上大氅，「祖宗，穿鞋。」

庾晚音站在院中冰冷的石磚地上，凝固成一尊仰頭望天的雕像。

夏侯瀶跟著她向上望，「……啊。」

夜空中熟悉的方位上，五顆主星閃爍著冰冷的光，連成一條完美的直線。

他們上一次確認的時候，這條線的尾巴還是拐彎的。當時她以為五星不再並聚，代表那一劫已經過去。卻沒想到，它是尚未來臨。

夏侯瀶瞇了瞇眼，「沒記錯的話，這是君王遇刺之兆吧。」

庾晚音打了個寒噤，腦中飛快檢索著與無名客有關的一切記憶。

鬼使神差地，耳邊迴響起林玄英對夏侯瀶說的話：「我師父還有一句話託我帶到：你們的相遇或許並非幸事。」

她的心臟直直朝下墜去，墮入不見底的深淵。

無名客讓他們順天命之所指，這「天命」難道指的是原作劇情？

那神棍特地指點她刺死夏侯瀶？

庾晚音出離憤怒了。

她轉頭四顧，開始考慮半夜召見無名客的可行性。

夏侯澹看看天，再看看她，似乎已經明白了什麼，笑了一聲。

黑夜裡，他蒼白得像一縷遊魂，神情卻很平靜，「五星並聚，否極泰來——對這世界來說，失去一個瘋王，得到一個女帝，的確是否極泰來了。」

「不許瞎說！」庚晚音怒道：「你活下去才算否極泰來！」

夏侯澹息事寧人道：「好，妳說了算。把鞋穿上。」

庚晚音：「……」

自從重逢以來，夏侯澹在她面前一直表現得……相當淡定。

他像是沉浸在熱戀中的毛頭小夥子，得空就與她膩在一起，該吃吃，該喝喝，歲月靜好，及時行樂。

他似乎打定主意要對那近在眼前的死別視而不見。偶爾庚晚音情緒低落，他還要插科打諢將話題岔開。

庚晚音終於穿上了鞋。

「冷死了，回吧。」夏侯澹將她拉進屋，塞回被窩裡，「實在睡不著，不如幹點暖和的事？」

庚晚音：？

庚晚音問：「你不想談談這件事嗎？」

「哪件事？刺殺？」夏侯澹舒舒服服地躺回她身邊，「我倒想著真到了那時候，與其發著瘋號叫個十天半月才死，倒不如求一個痛快。說不定是我求妳動手呢。」

庾晚音被他輕描淡寫的語氣刺得心絞痛，「你覺得我會對你下手嗎？」

夏侯澹思索了一下，「確實難為妳了。沒事，我怎樣都行，隨妳樂意吧。」

庾晚音腦中那根弦斷了。

「樂意。」她輕聲重複。

夏侯澹愣了愣，試圖找補：「我不是那個意思……」

「你問我是樂意親手殺了你，還是樂意眼看著你慢慢咽氣？」

夏侯澹慌了，他僵硬著看了她片刻，才想起翻找帕子。

「真要隨我樂意，你就該在第一天把我逐出宮去，或者等你死了我再來！我不樂意認識你，不樂意吃小火鍋，不樂意上你的當，不樂意讀你的信……」

夏侯澹終於找出一張繡帕，訕訕地遞過去，庾晚音卻不接。

她憋了太久，終於一朝爆發，哭得渾身發抖，「你怎麼對我這麼狠呀？」

夏侯澹沉默片刻，將她擁進懷裡，溫聲道：「萬幸的是，皇后胸懷博大，定能以德報怨，應天從民，千秋萬歲。」

「我不能！」

「妳已經可以了。阿白彙報過，在我歸隊之前，妳一個人也能獨當一面。以後還會更好的。」他在她背上輕輕拍撫，「別哭了，我給妳賠不是，成嗎？如果這個世界有輪迴，欠妳的來生一定償還。」

「我不要來生，我要今生今世。」庚晚音不知道在找誰討要，也顧不得自己聽起來蠻不講理，像求人摘月亮的孩子，「我要你留下，陪我——」

夏侯澹：「……」

夏侯澹低聲道：「我比任何人都更想留下。」

庚晚音抽噎了一下，依稀聽出他聲音的異樣，掙脫他的懷抱看去。夏侯澹雙目含淚，溫柔而無奈地望著她。

「可是我也沒有辦法。」

庚晚音忽然意識到，她不應該辜負夏侯澹的苦心的。夏侯澹如此努力地要留下一段笑著的回憶，供她聊作慰藉，她卻讓他哭了。

她慢慢平復呼吸，接過繡帕擤了下鼻涕，「算了，那你就好好補償我吧。」

九盡寒盡之後，天氣漸漸回暖。

寄給圖爾的密信仍舊沒有收到回音。羌國戰局混亂，他們甚至無法確定圖爾有沒有收到信。

皇帝只要不在理朝，就抓緊一切機會與皇后約會。遊湖賞月，踏雪尋梅，繡被薰籠，不亦樂乎。

夏侯澹的狀態肉眼可見地惡化了。他的進食和睡眠一天天減少，熬得眼窩都深陷了下去，越發接近噩夢中的那個暴君形象。庾晚音清楚，他的頭痛正在朝那個臨界點加劇。但他從不在庾晚音面前流露出一絲半點的痛苦，實在忍不住了，就消失一陣子。庾晚音只當不知。

她已經哭過一場，此生都沒有第二場了。

欽天監在皇帝的授意下，就近算了個封后嘉禮的吉日。

這場空前絕後的典禮，從準備階段就震驚朝野。皇帝似乎要彰顯天威，慶祝遲來的掌權，還要向天下昭示皇后的榮寵，澈底為她洗去妖后私通的汙名。

這場嘉禮代表著新時代的開端，所以它要氣象盛大，還要別出心裁。不求莊嚴古板，但求雍容爛漫。

剛剛換血的六部接下了職業生涯第一場考驗，馬不停蹄地緊急協調。

金玉禮器與錦繡儀仗一車車地運進宮門，一同出現的還有冬日裡不常見的奇珍花草，從舉國各地長途運來，將整座皇宮裝點得斜紅疊翠、香影搖曳。

大殿間從嘉禮前三日起就氤氳著清潤的芬芳，皇帝親率文武百官齋戒薰香，告祭天地。

到了典禮當日，八音迭奏，繁花鋪路，織毯從宮門一路延伸到禮堂。盛裝打扮的皇后款款行來，碎金寶光如天河之水，自她的鳳冠上傾瀉而下。

庾晚音微昂著矜貴的頭顱，一路穿過匍匐的人群，祭服長長的裙擺曳地，像捲起了一場幻夢。

負責保護的林玄英神情複雜，目送著她昂首走向孤獨。

冗雜儀式後，皇后拜於香案，行六肅三跪三拜之禮。皇帝將她扶起，與之攜手並立，接受朝拜。

年方八歲的小太子低眉順眼地上前行禮。

自從太后身死，他許是得了高人指點，一下子變得安分守己。不僅在夏侯澹面前哭著檢討，還置辦了一堆賀禮送入庾晚音的寢宮，一口一個母后叫得恭順，似乎要表明當好一個小傀儡的決心，讓人暫時尋不到由頭廢了他。

眾臣跟著山呼皇后千歲，埋下去的臉上神態各異，戒備者有之，尊崇者亦有之。死裡逃生的庾少卿一家熱淚盈眶，接觸過皇后本人的年輕臣子們一臉欣慰。

按照傳統，嘉禮到此就圓滿結束了，但夏侯澹顯然並不滿足於此。他笑道：「難得的好日子，朕與皇后設了宮宴，請眾愛卿同慶。」

於是宮宴又從晌午一直持續到夜裡，珍饈美饌、金漿玉醴，雪水中湃過的甘甜供果，如流水般呈上。

這不管不顧的奢靡作風，看得李雲錫眉頭緊鎖，直呼成何體統。

夜幕一降，喝到半醉的夏侯潽忽然笑嘻嘻道：「皇后，看朕變個魔法。」

他大手一揮，四面花影間忽而升起萬束流光，當空團團綻開。

臨時改良過的焰火花樣奇巧，火樹銀花，重重疊疊，一波接著一波，映得滿天星月暗淡無光。

眾臣驚呼連連，有人乘醉大笑，有人即興作詩。

李雲錫被楊鐸捷搭著肩膀高聲勸酒，已經沒脾氣了。

罷了……讓他們高興一回，明日再勸吧。

庾晚音也被敬了不少杯酒，儘管只是果釀，喝了這麼久，也已經歪著腦袋視線模糊了。

朦朧視野中，焰火光影在夏侯潽酡紅的側臉上流換，往來喧囂都隨之岑寂。邈遠的高處，天心鉤月澄澈無塵，垂憐著這一片綺麗的煙火人間。

「皇后可還滿意？」夏侯潽湊近她耳邊笑問。

是補償，也是贈禮，日後風雪如刀，也可從餘燼中取暖。

庾晚音只覺喝下去的溫酒灼熱起來，將她的五臟六腑文火炙烤。

夏侯潽不等她回答，又牽起她的手，「讓他們喝，我們先溜了。」

離開那一片喧囂後，耳朵不能適應突如其來的安靜，還在嗡嗡作響。

帝后二人讓宮人遠遠跟在後面，慢悠悠地踱過回廊，散步消食。煙花已散，碧沉沉的月光重掌大權，將御花園照成了一片淨琉璃世界。

庾晚音知道此情此景，應該談情說愛，再速速回屋滾上三百回合，但酒精放大了人心底的貪欲，更讓唇舌變得不受控制，她一開口，卻是一句：「如果不是在這本書裡……」

她還不滿足，還想要更多。

無名客的預言、身不由己的噩夢，又喚醒了她那份存在的危機。如果一切都是註定的，那他們只是在角色扮演嗎？這一份感情中又摻雜了幾分「命定」？

庾晚音一來這個世界，就進入了地獄模式，被迫為了存活而鬥爭。夏侯澹是她唯一的同類、天然的戰友，他們走到一起，彷彿是天經地義的事。

如今她終於有餘暇戀愛腦了，可以糾結一些令人著惱的細節了。

比如他們的相知相戀對夏侯澹來說，是天經地義，還是別無選擇。

如果他們不曾來到這個世界，如果這世上還有其他同類，他還會心無旁騖地愛上她嗎？

事到如今再尋思這種問題，顯然已經太晚了。她不知道自己為何突然如此渴求一個答案，也不知道誰能作答。

她還沒組織好語言，夏侯澹卻已經接過了話頭：「如果不是在這本書裡，二〇二六年，我也工作幾年了，我們大概可以在捷運上相遇吧。」

庾晚音：？

夏侯澹悠閒地看著庭中月色，語氣神往，「那天捷運特別擠，我站著滑手機，忽然發現面前坐了個女孩，在拿著手機看小說。不知是讀到什麼內容，她邊看邊樂不可支，我忍不住多瞟了一眼，發現她長得很可愛。」

庾晚音笑了，順著說道：「她肯定不喜歡被人偷看，說不定會抬頭瞪你一眼。結果發現是個帥哥，於是默默原諒了你。」

夏侯澹道：「那我可就得寸進尺，開口要電話了。她會給我嗎？」

「……不好說。」

「求你了，我不是奇怪的人。」

庾晚音忍俊不禁：「行吧行吧。」

「太好了。我會跟她聊小說，請她看電影，帶她吃遍全城十佳小火鍋。每次見面，她都顯得更有趣一點。每一天，我們都比前一天更合拍。然後，要是見她不討厭我，我就開始送花，一束一束，很多很多的花。」

夏侯澹目不轉睛地望著她，像在用話語描摹一個美好的幻境，「我最多能忍耐多久呢？三個月，還是四個月，又或者是半年？某天回家的路上，我會緊緊抓住口袋裡的戒指盒，對她說：『我無法想像沒有妳的餘生了。』我偷偷觀察著她的反應，要是她不答應……我就再忍忍。」

庚晚音笑出聲來：「不可能，你是這麼的人嗎？」

「我怕她不答應。」

或許是酒精的作用，又或許是因為夜色太過旖旎，庚晚音的心跳得飛快，已經消退的緋紅又攀上她的面頰。

她忽然抵受不住身側直勾勾的目光，略微偏過頭去，「可惜這裡沒有捷運，也沒有電影。」

「但戒指還是有的。」

夏侯澹緩緩單膝跪下，遞上一枚戒指。

庚晚音一眼瞧見其上長羽舒展、振翅欲飛的鳳凰，細看之下，才發現鳳羽間疏朗的梧桐枝葉。

鳳棲於梧，清致高華。

最古老的禮讚，勝過萬千風雅情話。

祭服未褪的君主認真地仰頭看著她，「妳願意嫁給我嗎？」

大風忽起，載著他們遙渡前塵。頭頂星河搖墜，擊出恢宏的鐘磬之音。

說好了再也不哭的。

庚晚音抬手遮住眼睛，「我從一開始就是你的妃子呀。現在還是你的皇后……」

「那怎麼夠？」夏侯澹笑著為她套上戒指，「我還要妳做我的新娘。」

第二十六章　以毒攻毒

無名客在都城小住了數日，一直等到北舟停靈結束，入土為安。

夏侯澹趁著這一屆朝臣還不敢非議，直接拍板，以親王之禮葬之。

北舟風風光光入了皇陵，但那個華麗的墓穴卻只是衣冠塚。他的屍骨被悄然埋在慈貞皇后旁邊。

至此，都城之變畫上句號。

林玄英重新整頓了投降的三軍，帶著新封的將軍名號，回南境收拾殘局了。他們都知道不久後這帝位還得換，為免生亂，需要早做準備。

無名客左右無事，決定陪弟子走一道，順帶指點他修行。

帝后二人將他們一路送出城外。

林玄英在長亭裡與夏侯澹乾了一杯，心中知曉這八成就是死別，嘴裡卻說不出什麼煽情之語，憋了半天，只能說一句：「放心去吧，我不會帶走她的。」

夏侯澹道：「……我謝謝你。」

與此同時，庾晚音也將無名客單獨帶到無人處說話。

庾晚音道：「陛下已昭告天下，念在手足之情不殺夏侯泊，只將他終生囚禁。我們會儘量不用重刑，留他苟延殘喘個幾年。」

無名客躬身一禮，「在下替天下蒼生謝過娘娘。」

風吹長草，他白衣飄飄，儼然一副事了拂衣去的姿態。

庚晚音面無表情地看著他，目光奇異，輕聲問：「先生做的所有事，並非為了某一人，而是為這方天地請命，對嗎？」

無名客拂須道：「天地自有緣法而不言，吾等肉體凡胎，能僥倖窺見一二，也是受天意所託，因此不敢不竭力而為。」

「我明白了。」庚晚音道：「先生至今不為陛下指明生路，想來也是這片蒼天並不在乎他了。」

無名客眼皮一跳，「娘娘慎言。」

庚晚音笑了，「只是實話實說罷了。將人騙進來十年，吸乾心血，用完就扔——」

天際響起幾聲悶雷。

庚晚音索性抬起頭，直直朝上望去，紅唇一抿，挑起一個諷刺的笑，「所謂天道，竟如此涼薄。」

無名客驚了。

他當了大半輩子世外高人，沒見過如此膽大妄為的主兒。這是不要命了嗎？

庚晚音卻又朝他肅容道：「先生可否為陛下算上一卦？」

「……固所願也，實在是所求無果……娘娘，」無名客深思片刻，只能把話攤開些，「帝星歸位，只需要一顆，娘娘心中難道不知？」

「我當然清楚。我來了，所以不必保全另一人了。」庚晚音點評道：「真是打得一手好算盤。」

悶雷聲聲猶如羯鼓，開始朝這個方向滾動。遠處，右軍隊伍中的馬匹不安地騷動起來。動物心智未開，反而更容易察覺冥冥中暴漲的洪荒之怒。

庚晚音鎮定地站著，氣息幾乎停滯——

然後，她舉起一把槍。

無名客淡然以對。

直到她掉轉槍頭，抵住自己的腦門。

無名客：？

庚晚音道：「陛下若是死了，我便隨他而去，你們自去找下一個救世主吧。」

無名客驚愕幾秒，又恢復鎮定，高深莫測道：「娘娘不會下手的。」

庚晚音二話不說扣下了扳機。

無名客猛然色變——

庚晚音丟開那支沒裝彈的槍，笑道：「原來先生也有看走眼的時候。」

不等無名客做出反應，她又舉起第二把槍，「先生不妨掐指一算，這一回有沒有彈藥。再仔細算算，我會不會下手。」

無名客：「……」

無名客深呼吸，「娘娘不應如此。局勢才剛穩定，這也是陛下嘔心瀝血換來的成果，娘娘若是撒手不管，這一切就毀於一旦了……」

庚晚音道：「不應如此，但我樂意。」

無名客終於急了，「這是逆天而行！」

「你錯了，這不是逆天而行，這是要天順我的意。」庚晚音在大風中衣髮俱揚，一字一句道：「我們社畜可以包容一切客戶，除了不付錢的。想讓我坐這個位子，就得把我要的給我。」

這段發言的囂張程度已經超出了無名客的認知，他一時間甚至不知該如何作答。對方此言彷彿並不是對著自己，而是豪指雲霄，與天殺價。至於他，只是個夾在中間的傳話人。

陣雷不絕，如萬面鼓聲。四野長草如濤，在風中升沉。

庚晚音確實沒有等他回答的意思，又行了一禮，心平氣和道：「請先生起卦。無論這一卦有沒有結果，我都算是收到回覆了。」

無名客考慮了很久，從了。

他定了定神，沒去翻找法器，而是仰頭望向伴著雷聲貫穿天際的道道銀蛇，屈指掐算。

閃電由遠及近，在他們頭頂狂舞，閃得視野忽明忽暗。無名客站得紋絲不動，口中念念有詞。庚晚音觀察了一下，猜到他在以數起卦。

她不打擾也不催促，只是站在一邊靜靜等著，手中的槍始終沒有放下。

不知過了多久，無名客收了手，脫力般搖晃了一下。

庚晚音問：「先生？」

「雷水解。」

庚晚音呆了呆，不解其意。

無名客道：「進退不決，當以進為先。」

話音未落，頭頂一道炸雷劈下，砸在他們五尺開外，將那一片地變作焦土。

無名客當場跪下了。

「什麼事進退不決？」庚晚音連忙追問。

又是一道炸雷。無名客一躍而起，轉身便走，擺手道：「不可說了！轉機到了娘娘自會察覺！」

庚晚音還想追問，然而無名客身形如鬼魅，眨眼間已晃出了幾丈遠，再一眨眼連人影都快瞧不見了。

他也不知是在躲天罰還是躲庚晚音，連林玄英都不等了，自顧自地絕塵而去。

好不容易得來的一句指點，卻依舊語焉不詳。

庚晚音嘆了口氣，只得自行琢磨。

回宮路上，她一路沉思著自己究竟在哪件事上「進退不決」，甚至沒有注意到夏侯澹異常的沉默。

一下馬車，夏侯澹就開口道：「我去開個會。」

他一直到天黑都未歸。庚晚音照例等他一道用晚膳，卻只等來一句傳話，讓她自己先吃。她知道夏侯澹的頭疼又嚴重了。最近幾日他消失得越來越頻繁，人已經瘦到了臣子上奏都要加一句保重聖體的程度。即使與她共處時，也總在強顏歡笑。

庚晚音焦躁起來，晚膳沒咽下幾口，趴在床上一邊等著夏侯澹，一邊翻來覆去地找線索，連什麼時候睡過去的都不知道。

再被喚醒時已是午夜，枕邊依舊是空的。

喚醒她的暗衛聲音顫抖：「娘娘，陛下他……」

庚晚音一個激靈清醒過來，匆匆起身披上了外袍，「帶路。」

夏侯澹在一間不住人的偏殿裡。

這偏殿外頭看著不起眼，走進去方知戒備森嚴。庚晚音一見這些侍衛的陣勢，心臟就開始縮緊。

室內一片狼藉。摔碎的器皿、翻倒的屏風散亂一地，尚未收拾。皇帝被綁在床上，氣息奄奄，已經陷入昏迷。

他的身上、額上又是一片血肉模糊，就連雙手的指甲都磨損裂開了，慘不忍睹。蕭添采正為他包紮，轉頭見到庚晚音的臉色，連忙跪下。

庚晚音深呼吸幾次才能發出聲音：「為什麼不行針讓他睡去？」

蕭添采道：「陛下這回發作不比往日，行針已經不起作用了。微臣開了安神的藥，加了幾回劑量強灌下去，剛剛才見效……」

他小心翼翼道：「娘娘，陛下體內毒素淤積，已入膏肓，這一次……這一次是真的不行了。

燭火拖長了庾晚音的影子，像要扯著她沉沉地朝下墜。

她聽見自己聲音冷靜地問：「還有多久？」

「……這毒在腦子裡，或許這兩日便會渾身癱瘓，接著便是神志不清，甚至還會眼瞎耳聾，至多拖上十天半月……」蕭添采咬緊後槽牙，神色中也有內疚與不甘，「微臣無能，愧對陛下與娘娘重託，請娘娘降罪。」

庾晚音從他手中接過藥，坐到床邊捧起夏侯澹的手。藥粉撒在指甲翻開處的血肉上，連她都禁不住顫抖起來，夏侯澹卻昏沉著毫無反應。

庾晚音細緻地包紮了傷口，輕聲道：「繼續加藥，儘量讓他一直睡著。」

蕭添采以為她已經接受現實，只想減輕夏侯澹離去前的痛苦，只能沉重叩頭道：「是。」

庾晚音在偏殿一直陪到天亮才離開。

她又朝偏殿加派了暗衛，吩咐此處嚴禁出入。對外則宣稱皇帝偶感不適，今日不朝。國事剛剛步入正軌，早朝雖然取消，許多事務卻依舊需要人拿主意。

庾晚音回了趟寢宮梳洗更衣，準備去見人。

啞女服侍著她褪下外袍，愣了愣，忽然一把抓住她的胳膊上下察看。

「怎麼了？哦，」庾晚音這才看到自己袖口的血跡，見啞女還在找傷口，安慰道：「不是我的傷。陛下……陛下不慎跌了一跤，蹭破了。」她幾秒內拿定主意，將這句作為對外統一說辭。

啞女瞧了瞧庾晚音的表情，沒再表示什麼，只在她換完衣服打算離開時又拉住了她，端來一碗溫熱的甜粥並幾道小菜。

庾晚音恍然間想起自己已經許久沒有進食了。她揉了把啞女的腦袋，一口乾了甜粥，心緒稍定。轉頭望著陰沉的天色，自言自語般喃喃道：「再給你最後一天。別不識好歹，明日我就罷工。」

啞女：？

庾晚音代批了一遝急奏，又召人詢問圖爾的消息，結果依舊是沒有回音。那所謂的轉機，彷彿只是無名客為了脫身而編出來的說辭。

庾晚音揮退了旁人，忽然趴倒在御書房的桌案上，一動也不動。

過了片刻，身後傳來輕微的腳步聲。

庾晚音警覺抬頭，「誰？」

「娘娘。」一名暗衛也不知是從何處冒出來的，低頭朝她行禮。

「十二？」庾晚音認出了他的臉，「今日不是你輪班吧？」

十二道：「陛下早有吩咐，若他病倒，娘娘身邊的暗崗也要立即增加。因為是密令，所以屬下今日藏在暗中保護，請娘娘勿怪。」

「那你現在怎麼出來了？」

「稟娘娘，那位啞女方才從寢宮消失了一刻鐘。」

庾晚音的心突地一跳。

十二道：「她一向滑溜，又似乎看準了其他暗衛所在，閃身極快，從他們看不到的死角裡脫身了。只有屬下是今日新增的人，她沒有防備，讓屬下瞧見了她一閃而過，去了小藥房的方向。」

所謂小藥房是近日才改造出來的一間屋子，只為夏侯澹一人服務。夏侯澹病情漸重，要喝大量安神止痛的藥。有心人若是翻看藥渣，就能判斷出他情況極差。所以為了保密，這小藥房的位置極為隱蔽，普通宮人根本找不到。

庾晚音心中的疑竇越來越大，「陛下那邊沒事吧？」

十二道：「娘娘放心，偏殿此刻如同銅牆鐵壁，沒人混得進去。」

庾晚音冷靜下來，凝神思索。

其實到這一步，任何異狀都不可怕，可怕的是毫無異狀。如今線索已經出現，只是還需要順藤摸瓜才能找到謎底。

時間緊迫，她吩咐十二：「讓偏殿把小藥房今日送去的藥全部倒掉，重新煎過。繼續監視啞女，但是不要打草驚蛇，沒我的命令不許出來。」

結果這一日接下來的時間，啞女卻又老實了。

入夜後夏侯澹在偏殿裡醒過一次，睜眼的第一秒就拿頭去撞床柱。他身上的綁縛已經鬆了，此時驟然動作，四周宮人猝不及防，硬是讓他結結實實撞了兩下才撲過去按住他。

庾晚音試圖餵他喝藥，夏侯澹卻不斷掙扎，雙眼對不上焦，口中發出野獸般的嘶吼。庾晚音喚了幾聲，他恍如未聞。最後還是被暗衛掰開牙關，用蠻力灌下去的藥。

他重新昏迷後，身經百戰的暗衛都紅了眼眶，擔憂地偷看庾晚音。

庾晚音呆立了片刻，「他不認得我了。」

暗衛喃喃找話安慰她。

庾晚音只覺得荒誕，「他對我說的最後一句話是……他去開個會。」

她麻木地轉了個身，走了。

庾晚音回到寢殿，神色如常地跟啞女打了聲招呼：「今日有些乏睏，我先睡下了。」

她躺在床上一動不動，指望著啞女能放鬆警惕，再度溜出去行動——無論那行動是什麼，情況都不會更糟了。

然而等了兩個時辰，始終沒有動靜。

庚晚音身上漸漸發冷，在被窩裡縮成一團。

轉機快點出現吧。再遲一些，就沒有意義了。

厚暖的被窩鎖不住熱氣，漸漸變成了冰窟。庚晚音牙關打戰，惱恨自己在這種關頭撐不住，居然發起燒來。想叫人去請太醫，又怕驚動了啞女……

突然間她呼吸一滯，亂成一團的腦海中浮現出一段模糊的記憶。今日早晨，自己是不是喝過一碗甜粥？

床簾外透入朦朧的亮光，有人點起了燈燭。一道瘦小的人影接近過來，掀開了簾布。

啞女站在床邊，一臉關切地看著她。

庚晚音努力抑制著牙關的顫抖，緩緩從被窩裡抽出手，將槍口對準她。

啞女視而不見，問：「娘娘，不舒服？」

直到此時，庚晚音才知道啞女並不是啞女。同一時刻，她也明白了對方為何會扮作啞巴——這短短一句話說得支離破碎，帶了明顯的異域口音。

啞女也不管庚晚音做何反應，微笑道：「妳，中了毒，開始發抖後，一炷香，就會死。別擔心，我有解藥。」

庚晚音剛一張口，啞女抬起一根手指，「小聲，妳的人，別過來。」

庚晚音頓了頓，果然放下了槍，將聲音壓得極低：「妳想要什麼？」

啞女滿意地點點頭，「妳去殺了皇帝。他死了，妳就能活。」

庚晚音思緒飛轉，一些零碎的線索串了起來。

對方的口音、初見時那恨不得置人於死地的敵意、半路上發現自己身分之後突然轉變的態度……

庚晚音道：「妳是羌國人。」

這不是一個問句，所以對方沒有回答。

庚晚音搖晃著坐起，將被子裹緊，努力忽略那侵入骨髓的寒意，語聲仍是不緊不慢，「妳跟著我入宮，是為了行刺。妳摸清了暗衛的方位，也摸清了小藥房的位置。透過我今早的表現，妳推斷出那些藥是給陛下用的，便決定趁他病，要他命。」

小藥房裡煎的藥並不對症，因此對方無法判斷夏侯澹究竟是什麼病，也就不會知道即使什麼手腳都不做，他自己也會死。

「結果，妳去小藥房下毒，卻被發現了。妳等到夜裡，還是沒聽見喪鐘，知道任務失敗，只得借我之手再試一次……」

說到這裡，庚晚音卡住了，「奇怪，妳既然一早就透過甜粥給我下了毒，為何又多此一舉跑去小藥房，平白提前暴露了自己？」

啞女聳聳肩，只是催她：「一炷香。」

庚晚音置若罔聞，繼續輕聲問：「還有，妳明知道我是誰，也知道夏侯澹是誰，為何不在流亡的路上早早下手，反而幾次三番幫我們？」

啞女的臉色冷了下去，平日裡滴溜溜亂轉的一雙靈巧眼珠，此時死死地盯著庚晚音，顯出幾分狠厲。

「——啊，我明白了。」庚晚音自問自答，「當時掌權的是端王，妳幹掉我們也沒用。妳想看我們與端王自相殘殺，只是我們獲勝之快超出了妳的想像。眼見著端王敗局已定，妳才想出來做黃雀，對嗎？」她笑了一下，「若真是這樣，那妳小小年紀，看得倒是挺遠，想來在羌國時也不是個尋常百姓吧。」

啞女忍不住冷笑一聲，「每一個羌國人，都知道。夏國和燕國，要打起來。你們不打了，我們就完了。」

羌國弱小，一直在大夏和燕國之間夾縫求存。他們沒有強大的軍隊，又不肯低下頭來當藩國求庇護，生存之計便是種種搬不上檯面的手段——毒藥、偷盜、色誘、挑撥離間。和從前的燕國一樣，羌國也喜歡往夏國輸送死士。能殺死幾個大人物，攪得大夏內亂一陣，便會被奉為勇士，家人也會得到獎賞。

在圖爾與夏結盟、攻入羌國以後，那些千方百計逃入大夏的流民，多少也抱著相同的目的。他們一邊掙扎求存，一邊尋找一切機會製造災禍，拖垮大夏，結束故鄉的苦難。

啞女道：「我父母，女王的勇士。我，也要當勇士。」

她的語氣裡有一種天真的狂熱，聽得人莫名膽寒，又莫名悲哀。

庚晚音輕聲問：「當勇士……然後呢？」

啞女眼神空洞了一瞬，又笑了起來。

庚晚音忽然想起太后蔻丹指甲裡的毒引。蕭添采說，這毒只有羌人才能研製出來。太后用它消滅了一代代的敵人，如今自己下了地獄，還要擺夏侯澹最後一道——但她最初是如何得到毒種與毒引的呢？那又是哪個羌國勇士的光輝戰績，竟成功亂了大夏整整三代？

青史留名的刺客都是二流刺客。那些佼佼者已經消失於時間的長河，猶如從未來過。

「我還有一事不解。」庚晚音道：「妳連貼身衣物都在進宮時換掉了，現在又是從哪裡變出的毒藥？」

啞女看了窗外一眼，「天，要幫我。」

這用詞讓庚晚音心念一動，有靈光一閃而逝。

她跟著望向窗外，挑起眉，「那些花草？」

為了她的封后大典，從全國運來了不少奇花異草。

庚晚音追問：「那些花草裡，湊巧就有妳需要的全部藥材了？一樣不差？」

啞女眨了眨眼，猛地反應過來，惡狠狠道：「再不走，妳就死！」

庚晚音面露遺憾。

她知道十二就在附近偷聽，所以拖著啞女套話，想抿出點有用的資訊。怎奈啞女不是蠢人，看穿她的意圖後，再也不肯說一個字，伸手就拉她下床。

庾晚音的鎮定是強撐出來的，其實五臟六腑都快要被冰凍上了，她渾身僵冷無力，被啞女強行扯到地上，扶著床柱才站穩，「我做不到……皇帝周圍有重重防衛，我一掏出武器就會被射成篩子……」

「走。」啞女推著她往門口邁步。

庾晚音踉蹌了一下，口中還在勸：「……一切食物飲水都有人試毒，何況無數雙眼睛盯著，即使是我也沒機會投毒。別著急，此事需要從長計議啊……」

一炷香的時間確實很短，庾晚音能感覺到周身的力氣正與體溫一道飛速流逝。

如果現在活捉啞女，還來不來得及用刑逼她交出解藥？又或者，她能救活夏侯澹嗎？

然而，此人心性如此堅忍，又恨大夏入骨，絕不會屈從於威逼利誘。就連她口中許諾的解藥，多半也是不存在的。

既然設了這個局，應該是想一箭雙雕，同時滅了帝后吧？

可惜這算盤註定落空，因為賊老天是不會允許雙殺的。自己與夏侯澹，最終總會活一個……

剎那間，庾晚音頓住了。

——活一個？

啞女道：「他相信妳。」

她將庾晚音逼到門邊，從袖中取出一個小瓷瓶，似笑非笑道：「他流血了。」

猶如閃電劃過漆黑的天幕，在這玄而又玄的一瞬間，庚晚音看清了此間一切狡詐的因果。

五星並聚，否極泰來。

她的腦中山崩海嘯，眼睜睜地望著啞女將小瓷瓶遞過來，「撒在傷口上。」

庚晚音耗費了畢生演技，露出一臉恐懼與絕望，顫抖著藏起瓷瓶，走出了寢宮。

她一離開啞女視線，十二就帶著幾名暗衛冒了出來，緊張地攙住她，「娘娘。」

庚晚音加快腳步走向偏殿，「去制住啞女，留活口。讓蕭添采打開藥箱等著。」

偏殿。

蕭添采從瓷瓶中倒出一點藥粉，反復嗅聞驗看，情急之下甚至送入口中嚐了一點：「像，很像。」

他又從藥箱裡取出一隻試藥用的耗子，以匕首劃開一道口子，將藥粉撒了上去。那耗子登時血流如注，汩汩不絕，再撒金瘡藥，也絲毫沒有止血的跡象。

蕭添采抹了把冷汗，宣布道：「與上次燕國刺客劍上淬的毒非常相似，會讓人血流不止，不愈而亡。臣能嚐出其中幾味藥材，與殘存的古方相符。」

圖爾說過，那毒是羌國女王留下的。

正是因為夏侯澹上次被刺後不僅沒死，還一度頭痛減輕，才讓他們有了以毒攻毒的主意。

然而羌國女王一共只留了那麼一點，圖爾已經用盡，又復原不出藥方，這才需要上天入地去尋。

豈知今日得來全不費工夫。

庾晚音坐在夏侯澹床邊，已是搖搖欲墜，旁邊跪了幾個束手無策的太醫。她沒有理會太醫，只問蕭添采：「能用嗎？」

這麼一瓶來路不明的玩意，能救回皇帝嗎？萬一差之毫釐，失之千里，直接讓人暴斃了呢？

蕭添采冷汗涔涔，不敢點頭，轉向跪在一旁的老太醫，「師父以為如何？」

老太醫顫顫巍巍道：「這……需要一些時日查驗……」

然而他們沒有時間了。

庾晚音發著抖，視野開始昏黑下去。在她旁邊，是面無血色、氣息急促的夏侯澹。

蕭添采絕望地收回視線。一旦皇后倒下，想必宮中更無一人敢拍板對皇帝用藥，承擔意圖弒君的罪名。

他咬了咬牙，正要開口——

「拿來。」庾晚音道。

蕭添采一愣，老太醫已經開始勸阻：「請娘娘三思啊！」

庾晚音只是對蕭添采攤開手，「進退不決，當以進為先。」

蕭添采遞過了瓷瓶。

庾晚音已顧不得其他，全憑著本能去解夏侯澹的繃帶，然而氣力不濟，摸索了半天都解不開。

蕭添采既然開了頭，也就不再瞻前顧後，索性上前幫著取下綳帶，露出夏侯澹縱橫的傷口。

庾晚音深吸一口氣，勉強舉起瓷瓶。

床上的夏侯澹忽然睫毛一顫。

滿室死寂中，他慢慢撐開眼簾，沒有焦距的目光虛虛地投向床側。

如同噩夢照進現實，形如枯槁的瘋王與他深愛的刺客對視。又如初見的一幕重現，他皺起眉頭，茫然地沉默著。

半晌，他張開口，聲音是撕裂後的喑啞：「……晚音？」

庾晚音手中一傾，瓷瓶中的藥粉灑落下去，輕柔地覆在了他的傷口上。

殷紅的血液開始湧出，將衾被染出大片喜色。

夏侯澹的肌肉綳緊，表情卻無甚變化。這點痛楚與他腦中正在經歷的相比，模糊到似有還無。

他又問了一遍，似是在找人：「晚音？」

庾晚音笑了笑，道：「How are you?」

「……」

夏侯澹也跟著慢慢揚起一個微笑，「I'm fine, and you?」

滿室宮人垂著腦袋，誰也不敢露出疑色。

庾晚音傾倒了小半瓶，體力不支，歪倒了下去，躺在夏侯澹身側。蕭添采眼明手快，接過了她手中的瓷瓶。

庾晚音想要示意他觀察效果再酌情加量，一開口，卻只發出氣音。

蕭添采含淚道：「娘娘放心。」

庾晚音點了點頭，掙扎著握住夏侯澹的手。

遠處，暗衛驚慌失措地奔來，「娘娘！啞女咬破藏在口中的蠟丸，自盡了……」

庾晚音反應平靜。方才跟啞女對話時，她就猜到結局多半是一換一。只是開弓沒有回頭箭，能救一個也是好的。

她不再理會暗衛，轉頭專心致志地望著枕邊人，試圖牢牢記住他的眉眼。

夏侯澹的視力和神思都模糊了，弄不清她做了什麼，只當自己此刻是迴光返照，抓緊時間交代她：「好好的。」

庾晚音微弱地笑道：「嗯。」

「親一個？」

「好……」

黑暗籠罩下來。

風吹不絕，帶來第一縷早春的氣息。

第二十七章　大好春光

一年後。

天牢。

暗室依舊逼仄而潮濕，只有一線微弱的光從鐵欄縫隙漏入，照出牆角畸形的人影。

夏侯泊靠坐在牆邊閉目養神——他也只能坐著——皸裂滲血的嘴唇翕動，低聲念叨著什麼。若有人湊到極近處聽，就會發現他不過是在不斷計數。

沒有日夜，也不聞聲響，只有沉默的守衛偶爾送來泔水般的食物。夏侯泊只能靠著計數大致估算時間，使自己不至於陷落於虛無的旋渦，失去最後的理智。

但今天註定是個特殊日子。

腳步聲接近鐵欄，有人放下了吃食，卻沒有馬上離去。

幾秒後，持續了一年的死寂忽然被打破了，「殿下。」

夏侯泊停滯了數秒才遲緩地偏過頭去。

來人哽咽著又喚了一聲，這回夏侯泊分辨出了他的聲音，是個昔日部下。

夏侯泊問：「……你是如何進來的？」

「屬下無能，屬下該死！」那老部下二話不說先磕了個頭，「這裡的守衛油鹽不進，屬下等了一整年，終於趁著外頭大亂、人心動搖，才託人打點，得以混進來見到殿下。但他們只讓屬下說兩句話，就要來趕人了……」

夏侯泊只捕捉關鍵字，「外頭大亂？」

老部下道：「是。去年都城之亂前殿下留下的囑咐，屬下牢記在心，後來幾番輾轉，籠絡到太子，設計引庾后去弒君。」

「成了嗎？」

「出了些岔子，夏侯澹雖然身死，可恨那庾后卻僥倖留得一命，還效法呂武執掌了大權！不過蒼天有眼啊，一介婦人哪會治國，去年旱災一鬧，舉國大亂。」

「旱災？」夏侯泊眼皮一跳，依稀想起了曾經的那個夢。

老部下道：「田間顆粒無收，餓殍不計其數。都說是因為妖后弄權，引來天怒。如今四處有人起義造反，那庾后的好日子很快就到頭啦。」

他老淚縱橫道：「屬下正在聯繫殿下的舊部，想從中推波助瀾，待庾后被推翻，便趁亂營救殿下。」

數道腳步聲響起。守衛來趕人了。

那老部下壓低聲音，慌張地留下一句：「還請殿下多加保重，至多再忍上一年半載，便是東山再起之日……」

他走了。

暗室內又恢復了死寂，連那似有若無的計數聲都遲遲沒有再響起。

不知過了多久，傳出一聲悶笑。

無人進來呵斥囚犯，他便自顧自地笑個不停，逐漸演變成癲狂的大笑。

在他看不見的地方，守衛們面無表情地聽著動靜，目中不約而同地露出嘲諷之色。

都城郊外。

春光淡蕩，萬物生髮。平日裡空曠的郊原上，今日卻車馬喧闐，仕女遊人盛裝打扮行走在和煦陽光裡，往來間捲起一路香塵。

正是清明踏青時。

人們祭掃了墳墓，又席地而坐，享用三牲與美酒，言笑晏晏，與逝者同樂。

端王耳中兵荒馬亂的世界，此時一片平和安適。

近郊處幾座氣派的新墳邊，卻是人影稀少。一群侍衛遠遠攔下了閒人，只有幾輛不顯身分的馬車停在附近。

爾嵐清掃了岑堇天之墓，點起香燭，燒了金錢冥紙。

身後有人遞來一捧新鮮帶露的花朵。

庾晚音道：「給，與祭品擺在一處吧。」

爾嵐意外地接過，見花束裡還有一把青翠的穀物，不禁微笑，「娘娘有心了。」

岑堇天一直挺到了去年秋日才病逝。

旱災如期而至，但各地田間早已照著他給的法子，種下了大片燕黍與其他抗旱的作物。再加上所有糧倉提前一年便開始祕密囤糧，大夏有備無患，原作中的饑荒並未發生。秋收時，岑堇天在眾人簇擁下滿足地闔上了眼。

爾嵐將花束輕輕放在祭品間，神情平靜，「岑兄，燕國戰局已經平定，圖爾當了燕王，又寄來了一道盟書。太平盛世已至，岑兄在這裡，年年可見五穀豐登了。」

不遠處，汪昭的墓碑上也終於刻了真名。李雲錫和楊鐸捷祭拜過後，拉了幾個年輕同僚共飲，趁著酒勁向他們吹噓著與汪昭的交情，假裝與汪大人很熟。

他們如今位高權重，一個在戶部終於用上了當初稽核版籍的成果，忙著歸田於民；一個在吏部主持恩科，遴選人才。年輕臣子滿臉崇拜，聽一句信一句，只差當場拿筆記下來。

東風有信，年年掃落胭脂香雪，哪管人間盛衰興亡。

畫舫上結識的六名學子半數長眠。餘下半數，活進了當時描畫的光輝圖卷中。

一片花瓣被和風卷起，落在了爾嵐的髮間。

庾晚音垂手為她摘了，在她耳邊悄聲道：「李雲錫今日偷看妳幾回了。前兩天他還找我打聽來著。」

爾嵐失笑道：「娘娘莫非有撮合之意？」

「那倒不至於。」庾晚音拉她起身，示意她陪自己散一段步。

兩人並肩走入花蔭，離開了旁人的視線。庾晚音道：「這事講求一個情投意合，妳若無心，我便替妳擋了。」

爾嵐有些出神，「他同我私下談過。他說自知比不過岑兄，但如今岑兄已逝，這滿朝的人也只有他知我一二。我若退隱，不如嫁與他，日後夫妻同心，也不至於枉費了胸中意氣。」

世上沒有不透風的牆，共事時間久了，漸漸有人從蛛絲馬跡瞧出端倪，懷疑起了爾嵐的性別。近日這傳聞愈演愈烈，已經報到了庾晚音面前。

李雲錫正是因為聽聞此事，才找爾嵐談了這一席話，全程臉紅如關公，根本不敢看她。

他這麼個將規矩體統掛在嘴邊的死腦筋，能做到這一步，也不知暗中下過多少決心。

庾晚音道：「但妳……還是拒絕了？」

爾嵐沉默半晌，嘆了口氣。她放慢腳步，道：「如今重開恩科，朝中人才輩出，爾嵐此去也算是功成身退了。只是……」她望著庾晚音，緩聲道：「只是有些放心不下娘娘。」

庾晚音心中一熱。

爾嵐抬手理了理她的雲鬢，「……畢竟帝后共治，總會引來悠悠口舌。娘娘如今聲威正盛，尚無人敢以卵擊石。可今後日理萬機，千頭萬緒，一旦出錯……」

「出錯也無妨。」一旁有人道。

夏侯澹緩步朝她們走來，將侍衛宮人留在了遠處。他已摘了沉重的冕旒，長髮半束，穿花而來的風儀好似誤入此間的世家公子，一派清貴無害。

口中的話語卻還在繼續：「文治武功是娘娘的，偶有小錯是朕犯的。直臣相諫，娘娘會從善如流；如有奸佞借題發揮，朕的瘋病可以不定期復發，一不小心就當堂殺人了。」

爾嵐：「……」

爾嵐慌忙見禮。

庾晚音迎過去，「幫北叔掃完墓了？」

「嗯，來接妳回宮。」夏侯澹執起她的手，指尖在她掌心撓了兩下，眼底笑意蘊藉。解釋春風無限恨。

「等我一下，我這還沒談完呢。」庾晚音捏了捏他的手指，「你先回馬車上躲風吧。」

夏侯澹不肯，「我旁聽。」

「別鬧，快去……」

爾嵐努力裝瞎。

庾晚音終於推走了夏侯澹，轉向爾嵐，「實話說，我也捨不得放妳走。李雲錫和楊鐸捷正混得風生水起，妳就甘心輸給他們嗎？」

爾嵐驚訝地抬起頭，「可如今人人皆知我是女兒身。」

「巧了，我正缺人手去各地興建女子學堂呢。」

庚晚音按住她的肩，「李雲錫有句話說錯了，世上知妳的可不只他一個。胸中既有丘壑，青史一筆，何必假他人之名？」

片刻後，爾嵐一臉恍惚地走了回去。

年輕臣子們還在原地野餐，見她獨自回來，驚訝地問：「娘娘呢？」

李雲錫見到她還是有些不自在，偷看一眼，又悶悶地低下頭去擺弄酒盞。

爾嵐道：「半路被陛下接走了。」

楊鐸捷忍俊不禁，「真是一刻也分不開。」

「……」李雲錫仰頭一飲而盡，沒好氣道：「喝！」

馬車裡。

夏侯澹問：「她答應了？」

「說是回去想想。她會答應的。」

夏侯澹低笑起來，咳了一聲，「娘娘聖明。」

「著涼了？」

夏侯澹頓了一下：「沒有。」

庾晚音皺眉望著他。

夏侯澹的笑容緩緩消失，心虛地去拉她的手，「早上墓地有點冷……我回去就喝薑湯。」

暖融融的春日裡，他的手指仍是冰涼的。庾晚音輕吁一口氣，別過頭去撩起一角窗簾，望著行道兩旁閒寂的青色。

「大好春光，別皺著眉了。」夏侯澹輕聲道：「這一年不是好了很多，嗯？我還會陪妳很多年的。」

庾晚音被他道破心事，舒展眉頭笑了笑。

一年前。

庾晚音趕去偏殿後，暗衛奉命拿住了啞女。豈料她不慌不忙，只是坐在原地安靜地等待著。片刻後，她突然歪倒下去，七竅流血。

暗衛大驚，掰開她的嘴，一顆已經咬破的蠟丸滾了出來。

啞女已經只剩一口氣了。暗衛慌忙逼問她解藥何在，她卻笑道：「沒有解藥……睡一覺，就好了。」

在暗衛迷惑不解的目光中，她默默咽了氣。

庾晚音在一日後蘇醒，果然不適盡去。

後來，蕭添采仔細驗了那瓷瓶裡的毒粉，有幾味藥材確實取自宮中的花草，但還有幾味遍尋不到。直到他們澈查庫房，聞到一批禮盒氣味奇異，才發覺禮盒所用的木材，取自各種毒樹。

那一批禮盒正是小太子殷勤獻給庾晚音的賀禮。

順著這條線索，他們抓捕了太子及其身邊的宮人，逐一審問，最終串出了真相始末。

太子眼見著地位不保，甚至性命都堪憂，決定不能坐以待斃，要先下手為強。

他正愁沒有機會，混入宮中的啞女就主動送上了門。啞女直言自己會用毒，只是還缺幾味藥材，需要他幫忙採買。

於是太子借著獻禮之機為她湊齊了藥材，還給了她一份更完美的計畫：不是直接毒死皇帝，而是先放倒皇后，再以解藥要脅她親自動手。

他不僅要夏侯澹死，還要借庾晚音之手弒君。如此一來，即使夏侯澹僥倖被護住了，他至少能幹掉一個庾晚音。運氣再好一點的話，他甚至能同時除去壓在頭頂的兩座大山。

太子小小年紀，沒有這麼好使的腦子。替他出謀劃策的幕後高人，正是端王殘部。

原來，端王在兵敗之前留了一個計畫，讓老部下去找太子獻策。那老部下作為最後一顆棋子，這麼多年藏得很深，表面上與端王黨從不往來，居然騙過了夏侯澹的眼睛。

奈何太子入獄後萬念俱灰，為求保命，第一時間將他供了出來。老部下逃跑未遂，在半路上被暗衛捉住，受了數日嚴刑，終於痛哭著投降了。

整件事情裡只有一個微小變數：啞女沒有完全聽令行事。

她不僅沒對庾晚音動真格，還搶先去了小藥房，想自己毒死夏侯澹。眾人事後反覆分析，此舉沒有別的解釋，只可能是為了將皇后擇出去。

一個恨大夏入骨的刺客，卻將平生唯一一絲善念留給了庾晚音。

只是等庾晚音獲知這一切時，她早已入了土。

小太子被貶為庶民，賜了所宅院圈禁終生。

至於端王，夏侯澹為他傾情設計了一份極具創意的回禮。

他們每隔數月便會讓那老部下去天牢裡演一場，讓他在絕地翻盤的春秋大夢裡不斷等待。想來端王意志力過人，必能為了這點微末的希望含垢忍辱，吃著泔水堅持下去。

等過個三年五載，實在演不下去了，再將真相溫柔地告訴他。

回宮之後，夏侯澹果然捏著鼻子灌了碗薑湯，又自覺加了件狐皮大氅，裹得如同回到了冬天。

他之前中的毒在體內埋了十幾年，已經壞了底子。雖然用最粗暴的方式解了，但又留了新的後遺症。躺在床上半死不活了大半年，無數湯藥灌下去，最近才恢復幾分血色。

也是在這一年間，朝中逐漸習慣了帝后共治。

如今皇帝回歸崗位了，庾晚音卻也沒有釋權的意思，每日仍是與他一同上朝。奏摺上的朱批，全是皇后的字跡。

有臣子上疏劾之，倒是夏侯澹先發了火，「太醫都說了朕不能操勞過重，你卻要朕獨自加班，是怕朕活太長嗎？」

眾臣諾諾不敢再言。或許要再過些年頭他們才會明白過來，夏侯澹說的竟是心裡話。

不過僅僅這一年，大部分的人已經發現了，皇后雖然字醜了點，但確實是他們企盼了多年的明主——情緒穩定，思維敏捷，欣賞實幹，討厭是非。時不時冒出點一鳴驚人的提案，角度之離奇，彷彿超越了此世；但在實際執行上又樂於廣開言路，不恥下問。

彷彿有豐富的一線工作經驗。

今日休沐，連帶著宮人也放了半天假，都在御花園懶洋洋地曬著太陽，不時有歡聲笑語傳來。

午膳過後，帝后二人在窗前對坐，平靜地喝茶。

正因不知還能相伴多少年，才更要珍惜眼前的涓滴時光。

庚晚音道：「蕭添采說他下個月回來一趟，幫你把脈。」

太子一案塵埃落定後，庚晚音還是將謝永兒的死訊告訴了蕭添采。

蕭添采失魂落魄了幾日。庚晚音以為他會就此離去，他卻又照常出現，一直遵守約定，照顧岑堇天到最後一刻。

直到送走岑堇天，蕭添采才前來辭行。

庚晚音心中有愧，自覺虧欠他良多，蕭添采卻反過來安慰她：「我為娘娘盡忠職守，是謝妃所願。如今離去，也是為了看看她嚮往已久的山川美景。」

庚晚音忍不住問：「她那封信裡說了什麼？」

蕭添采的耳朵又紅起來了，「……她說待都城事了，她也有了新的安定之所，會等我去尋她。」

沉默幾秒，他笑道：「娘娘不必難過。只要這一片山河還安然存在，她的魂靈便仍有所依，終有一日會重逢的。」

那之後，他便獨自上路了，偶爾還會寄信回來，聊幾句自己所見的各地民生。

夏侯澹道：「他倒是來去如風。」

「聽說是做了遊醫，每到一處便救死扶傷呢。」庚晚音想起當時的對話，情緒還是有些低落。

夏侯澹看她一眼，狀似不經意道：「對了，阿白也寄了信來。」

「什麼事？」

「沒什麼事，聊聊近況，順帶關心我們一下。」夏侯澹哼了一聲，「附了首酸詩。」

庾晚音樂了，「給我看看。」

「沒什麼好看的。」

「看看嘛——」

夏侯澹推開茶盞站起身，「難得清閒，去打一局乒乓嗎？」

庾晚音被轉移了注意力，「也行。」

後宮自是遣散了——大部分妃嬪離開時一臉劫後餘生的慶幸——但那張乒乓球桌留了下來。

皇帝贏了兩局後，皇后丟拍子不幹了，聲言清明要蕩鞦韆才應景。於是皇帝又遣人去尋彩帶與踏板。

李雲錫帶著奏章走過迴廊時，遠遠便瞧見御花園高高的楊柳樹下，一抹盛裝倩影來回飛蕩，旁邊依稀還傳來皇帝的笑聲。

李雲錫正沉浸在孤家寡人的心境中，哪裡看得了這個，忍了半天才調整好表情，請宮人通傳。

片刻後皇后落下去不飛了，皇帝獨自走了過來，「有事？」

李雲錫呈上奏章，「請陛下過目。」

雖然是休沐，臣子自願加班，夏侯澹也不能不理。

他將人帶進了御書房，一邊聽彙報一邊翻看那奏章。李雲錫兢兢業業說了一通，總覺得皇帝似聽非聽，時不時還微笑走神。偏偏每當他停頓下來，夏侯澹又能對答如流，害得他想死諫都找不到由頭。

半個時辰後，一名太監敲門進來，躬身呈上一張紙條。李雲錫眼尖，一眼認出了那狗爬般的字體。

晚上吃燒烤？

夏侯澹看了看，托腮提筆，回了個「1」。

李雲錫：？

那太監似是司空見慣，收了紙條便告退了。

夏侯澹望向李雲錫，用趕人的語氣問：「還有問題嗎？」

李雲錫道：「……沒有了。」

他行禮告退，剛走出兩步，又聽夏侯澹道：「愛卿留步。」

夏侯澹指著他的奏章說：「愛卿文采斐然，不知詩才如何？」

「詩？」

「得空也可以寫兩首酸詩嘛。」夏侯澹認真提議，「反正你也無人可送，不如讓朕拿來借花獻佛。」

「……」

李雲錫忍了一天的話語終於脫口而出：「你們這樣……成何體統！」

——《成何體統》正文完——

番外一、相逢何必曾相識

夏侯澹死時，庚晚音大病一場。

臣子都擔心她會在悲慟之下一病不起，畢竟這二人的恩愛是已經載入史冊的程度。但她只是休息了半個月，便返回了朝堂。

離別不至於心碎，是因為從天道手中強搶來的這段歲月裡，他們幾乎每日都膩在一起。春有繁花，秋有山月，夏有湖畔流螢，冬有圍爐夜話。長長的心願清單上打滿了鉤，決不留下一絲遺憾。

英明的帝后高效利用了每一寸光陰，為夏國打開了盛世圖景，也一道培養出了引以為傲的孩子。

夏侯澹來到這個世界時，迎面只有陰謀與殺意。他走的時候，身邊終於環繞著所愛之人。

他留給庚晚音的最後一句話是：「妳的故事還很長。」

那之後，積威深重的庚晚音順天應人，坐上了龍椅。朝中幾個釘子戶一般的老頑固拿「體統」叫嚷了兩回，淹沒在山呼的萬歲聲中，像鞭炮放了兩聲響。

女帝庚晚音俯視著滿朝文武，平淡地說了一句：「一切照舊即可。」

她像是心中有一張計畫表，按部就班地上朝下朝，兢兢業業地主持大局，為自己牽頭的幾個專案做了收尾工作。這位聲震八方的女帝幾乎不遊樂，不享受，除了偶爾去曾經與先帝幽會的地方喝杯閒茶，坐一下午。

數年之後，就在天下終於習慣了庾帝之時，她忽然又像當初登基時一般平靜地傳旨，將帝位傳給孩子，輕裝簡行離開了都城。

這一天，她炒了老天的魷魚。

庾晚音問心無愧。她為這個世界付出的已經夠多了，接下來的人生，也該為自己而活。

庾晚音四處雲遊，看遍了如今的大夏。

田間年年有金黃的穀物，工廠的流水線叮噹作響，城市的建築群初現雛形。爾嵐手下的女子學堂不斷擴建，謝永兒構想中的貨運在四通八達的道路上往返。

曾經陌生冰冷的世界，在兩代人才的通力合作下，模糊地顯現出遙遠故鄉的影子。

至於這個世界今後會如何演變，就不是她有生之年能夠見證的了。

原本的男主角夏侯泊已經死去多年，世界並未崩塌。根據無名客的理論，帝星歸位後，氣運已經轉移了。庾晚音把這片天地理解為一個平行時空，它雖然以《穿書之惡魔寵妃》這本書為原點，但發展至今日，已經徹底脫離原作，膨脹成一方獨立運行的小宇宙。

即使她身死魂銷，想來這裡的故事仍會世代延續，生生不息。

庾晚音踏過了山河萬里，拜訪了許多故人。直到再也走不動了，她才回到都城，悠然度過了暮年。

正如夏侯澹預言的，她這一生的故事，也算是波瀾壯闊，精彩萬分了。

若說這一生中還有什麼遺恨，或許就是沒能在夏侯澹離去之前造出相機，以至記憶中他的面容已經徹底模糊了。

不過說到底，那張臉也只是屬於書中的人物，是夏侯澹，而不是張三。她的愛人原本的樣子，誰都無從得知。

能清晰浮現在眼前的，只剩他的眼睛。

或許是在無窮無盡的權術之爭裡習慣了掩藏，又或許是經年累月的病痛所致，他那雙眼睛一直是不反光的。給人的印象不只瞳仁那一點墨色，而是一整片虛無的黑暗，彷彿溺斃獵物的沼澤。

但每當她望入其中，卻只能觸及一片深不見底的溫柔。

若有來世，她還想再看見它們一次。

庾晚音蒼老的眼眸望向虛空，輕輕嘆出了最後一口氣。

視野暗淡下去。

——然後又猛然亮起。

刺目的白色燈光。

地鐵車廂微微搖晃。

手中的手機螢幕還亮著，顯示出讀到一半的小說畫面，白底黑字，左上角顯示著文名：《穿書之惡魔寵妃》。

王翠花猛然抬起頭，一瞬間只覺得天旋地轉。手機摔落在地，她整個人也朝下栽去。坐在她旁邊的乘客嚇了一跳，伸手拉住她問：「你怎麼了？」

王翠花倒回座椅靠背上，眼神發直，呆滯地搖了搖頭。

又有好心人替她撿起手機，問：「是不是低血糖？」

王翠花艱難地張開口：「……沒事，謝謝……」

啊——這女聲，的確是她自己的嗓音。只是幾十年沒聽過了，顯得有些失真。遙遠的記憶慢慢回籠。

她居然回到了二〇二六年，回到了當初穿進書裡的那一瞬間。

庚晚音漫長的一生，投射到現實世界中，只過去了一微秒。悲歡離合、跌宕起伏，盡數沒入這班地鐵充足的冷氣裡，連一絲漣漪都未曾泛起。

人生寄一世，奄忽若飆塵。

王翠花接過手機，打開了自拍鏡頭。

螢幕上顯示出一張似曾相識的臉。

社畜標配通勤裝，懶得打理的黑長直，在一天的工作後已經快掉沒了的淡妝。五官可以用「機靈」「秀氣」等詞語形容，在好好打扮的日子裡也會被誇一聲美女，但若是跟書中傾城傾國的庾晚音相比，就頓顯寡淡了。

這是她，又不完全是她。

但她依舊第一時間識別出自己，不是靠這個年輕的影子，而是靠這一雙蒼老的眼睛。

王翠花木然呆坐在座位上，聽著左右傳來的聊天聲。

同學的八卦、老闆的糗事、股市的動態、明星的緋聞。

聽說明天有雨。

週末去哪裡吃飯。

依稀都是她年輕時——上輩子年輕時——曾經在意過的話題。

王翠花偷聽了三站路，腦中才開始將這些破碎的詞語拼湊到一起。到第五站時，她想起了自己家在哪裡，但此時已經坐過站了。

王翠花蹣跚著走出地鐵站，叫車回家。

霓虹燈與看板撲面而來，又被甩落身後。姹紫嫣紅，近在咫尺，卻又與她無關。

說來諷刺，她在書裡那個世界的時候，無時無刻不在思念此世，即使高朋滿座、兒孫繞膝，也始終像個異鄉來客，心中總有一絲揮之不去的孤獨。

她做了一輩子歸鄉的夢，待到終於掙脫出來，才發現自己已經格格不入了。

不再屬於任何一邊，成了一縷無依的遊魂。

這種處境……除她之外，只有一個人曾經體會過。

她一直愛著夏侯澹，但直到此時此刻，她才真正地、刻骨地理解夏侯澹。

對了，夏侯澹……在這個世界，他應該叫張三。

他真的存在於此世嗎？會是那黃粱一夢的一部分嗎？他在那個世界死亡之時，也會像她一樣回來嗎？

這麼說來，他們曾經聊過這個話題。

某處過冬的行宮裡，他們在泡溫泉。雪後的黃昏，嫋嫋白霧在頭頂上方緩緩洇入薄暮中。他們依偎著靠坐在池裡，懶洋洋的，像一對冬眠的動物。

夏侯澹突然打破沉默，「妳是二〇二六年穿進書裡的，而我卻是二〇一六年。如果我們穿回去的話，現實世界會是哪一年呢？」

她當時昏昏欲睡，掰著手指算了算，「保守估計，現在已經二〇三六年了吧……我就算沒入土，也作為植物人躺了十年了。」

「那我躺了二十年。能醒的話，應該會上新聞了。」

庾晚音笑了一下，沒有提掃興的事，比如十年二十年的植物人，肌肉會萎縮成什麼樣子、還能不能正常生活。說到底，「沒入土」都已經是樂觀的假設了。

夏侯澹卻興致勃勃，「我會去找妳的。只要還有一口氣，我一定會站到妳面前。」

「你怎麼不問問我要不要找你？」庾晚音逗他。

夏侯澹好像真的愣了一下，隨即笑道：「妳肯定會想我，想到發瘋。」

「別臭屁了！」庾晚音潑他水花。

結果她並沒有作為植物人醒來。

這是不是意味著張三的情況也和她一樣，會回到穿越的那一瞬間？對他來說，那可是二〇一六年啊。

難道——

王翠花突然笑出了聲。她心想：難道一代梟雄夏侯澹，穿回去之後，繼續準備考高中？

從那之後又過了十年，今時今日的他會在哪呢？他在這十年間有沒有試圖找過她？

還可以重逢，還可以見到他。

這個想法像一劑強心針，讓她終於有了一點「復活」的實感。是的，先安頓下來，然後做個計畫……她連皇帝都當過了，找個人這種小事，應該不在話下。

王翠花從一團糨糊的大腦深處翻找出了自家地址，卻被卡在了大門外。

電子鎖密碼這種細節，她是真的記不清了。

連續三次輸入錯誤之後，電子鎖發出了尖銳的報警聲，自動卡死了。王翠花站在門口想了想，摸出手機打了個電話，「媽，我的門鎖壞了，我可以去你們那睡一晚嗎？」

王翠花父母家在城市另一頭，當初她是為了通勤方便才搬出來租房的。看到父母的一瞬間，她眼中的淚水活像噴泉特效，把兩口子嚇得夠嗆，慌亂地勸了半天：「誰欺負我女兒？那破工作幹得不開心就辭職，爸媽養妳。」

王翠花頓時哭得更厲害了，「我只是有點累……」她看著媽媽，「妳昨天是不是說過，研究了什麼新菜式？」

昨日與今日之間，橫亙百年。

出走半生，歸來仍是女兒。

「等著啊，十分鐘就好。」媽媽進了廚房。

尋常深夜裡，溫暖的食物填入胃中，天下開始太平。

王翠花將擔憂的父母哄去睡覺，自己沖了個熱水澡，初步理清了思緒。

凌晨時分，她趴在床上捧著手機，打開了搜尋引擎。

已經是二〇二六年了，全國仍然有六千多個張三。搜尋結果裡有一些照片，王翠花將那些人臉翻來覆去地看了片刻，嘆了口氣。

果然在不知道對方長相的情況下，僅靠「直覺」大海撈針，還是行不通的。何況她要找的那個張三，很可能根本不在其列。

她還記得一些資訊，比如他的出生年月和戶籍城市。夏侯澹好像還聊到過自己國中的校名，叫什麼……

王翠花努力回憶著，將這些資訊全部填到搜尋欄裡，又試了一遍，心一沉。

還是沒有結果。

王翠花毫無睡意，機械地滑著手機。

唯一的好消息是，夏侯澹提到過的國中是真實存在的。這至少證明了他不全然是夢中幻影。

只是這所學校似乎對網路上宣傳不太上心，官網起碼五年沒更新過了，只有幾則零散的新聞證明它還沒倒閉。

王翠花買了清晨第一班去往那個城市的機票。

凌晨三點，她設定好鬧鐘，準備睡幾個小時養精蓄銳，闔眼之前才猛然想起，自己忘了請假。

出走半生，歸來仍是社畜。

翌日，飛機落地時已是中午了。

上司對她的突然請假大為光火，要求她遠端辦公，手中的專案進度不能落下。

王翠花根本不記得自己手中是什麼案子，卻也鎮定自若——經歷了幾十年的地獄級多執行緒高強度錘煉，如今再回望這點工作，邏輯就淺顯得如同兒戲了。

她迅速回顧一遍專案組裡的文件，一邊敲字與同事對接，一邊上了計程車，報了張三的國中校名。

她打算去那所國中看看——這是最簡單的突破口。只要他在那裡上過學，就一定會留下存檔。

她可以編個理由去翻閱存檔，查到他家的地址，或者是他父母的聯絡方式，然後……

王翠花自嘲地笑了笑。

自己這樣，像個變態狂似的。

張三如果成功回到了二〇一六年，就有足足十年時間可以找她。她也曾在閒聊時一遍遍地講述自己的過往，提到過不少關鍵資訊。她能想到這些辦法，他也能想到。只要他多花點力氣，怕是連她家住址都能查出來。

那麼為何在她作為王翠花的記憶裡，近十年從未出現過一個叫張三的人？

從昨晚到現在，她假設出了幾個原因，都不怎麼美好。

計程車司機從後視鏡裡看了她好幾眼，終於忍不住開口：「小姐，沒事吧？妳的臉色好差。」

王翠花一愣，也抬頭看了看後視鏡中的自己。昨夜哭過一場，之後又只睡了幾小時，她的眼皮到現在還腫著，眼裡全是紅血絲。加上那張蒼白的臉，活像遭受了什麼大難。

她長舒一口氣，轉頭望向窗外，「沒事沒事，可能有點暈車。」

「哦，那我開慢點。要不要開窗？」司機怕她吐在車上。

王翠花沒有回答。

「小姐？」司機慌了，「妳倒是找個東西接著……」

「大哥，」王翠花死死盯著窗外某處，「你結束行程吧，我有點急事要下車。」

司機忙不迭地靠邊停車，心想這乘客還挺貼心。

王翠花下了車，沿著馬路往回小跑了一段，停步在方才一閃而過的看板前。

看板上是一張電視劇海報。

《惡魔寵妃》。

很久很久以前，夏侯澹曾經對她吐槽過：「二〇一六年的文，妳二〇二六年還會收到廣告？就這麼篇爛文，憑什麼紅十年？」

如今她終於知道原因了。

這篇文並沒有紅十年，它只是在十年後被影視化了。所以平臺才會炒起冷飯，將原作放到到主頁，最後被她在地鐵上打開。

海報正中央，最顯眼的一道身影，是原作女主角謝永兒。

王翠花靜靜望著這個「謝永兒」的臉，眼眶微微發熱。不知是怎樣的巧合，劇組找的新人演員，竟與她記憶中的謝永兒有幾分相似。尤其是眼中那一抹倔強，幾乎如出一轍。

太像了，以至僅僅是如此對視著，那些泛黃的記憶都被點染出了鮮亮的顏色。

好多年未見了。

良久，王翠花才將視線挪向謝永兒旁邊，想看看飾演端王的演員長什麼樣。

她吃了一驚。

謝永兒身旁，男主角的位置上，那個揹著醫箱的角色，怎麼看都是蕭添采。而原作男主夏侯泊，居然被排擠到角落裡，跟夏侯澹和庾晚音排在一起。

更蹊蹺的是，所有這些演員的外形與氣質，居然都給她一種似曾相識的感覺。

他們站在一起，像是那黃粱一夢在現實裡垂落的倒影。

王翠花腳下的大地緩慢旋轉。

一個兩個可以說是巧合，但眼前這情形，真的還能用巧合解釋嗎？

她站在原地拿出手機，搜起這部電視劇。

網上風評褒貶不一，大多數人只當看個樂子，也有那麼幾個原作黨，罵它魔改得太厲害，給反派夏侯澹和庾晚音瘋狂加戲，甚至還拆散了原文中的男女主角，讓女主謝永兒莫名其妙地換了個真愛，跟炮灰蕭添采走到一起。

有人吐槽道：

『改成這樣，原作者還不告他們？』

『原作者罵過編劇啊，罵了幾天突然就偃旗息鼓了，理由也很離譜，說什麼女主托夢告訴她，自己現在很幸福。』

『什麼鬼？？？』

『作者肯定是被劇方公關了啦，又不好明說，只能這麼陰陽怪氣地解釋一下。』

『不過你別說，反派這對惡人CP（情侶檔），改得還挺好的……』

王翠花就近找了家便利商店坐下，飛速點開了《惡魔寵妃》的劇組成員列表，從頭瀏覽到尾。

沒有。

她又去查製作公司和發行公司的企業資訊，逐一搜尋人名。

沒有。

怎麼可能還沒有？

除了她所知的那個人，還有誰會將這十年前的爛文拍成劇，又有誰會將情節改編成這樣？

如此手筆，簡直像是花費鉅款拉了一條遮天蔽日的橫幅，上面寫著：我回來了，我就在這裡，妳看見了嗎？

王翠花焦躁起來，手指在螢幕上一通亂戳。

看見了，當然看見了，我又不瞎！

可你在哪？為什麼就不能直接出現在我面前？

——下一秒，亂戳的手指頓住了。

她剛才，好像是從製作公司的簡介頁面，戳進了其母公司的網站。

王翠花懷著突如其來的強烈預感，望向了母公司的法人一欄。

母公司總部。

一樓前檯的美女訓練有素，望著王翠花夢遊似的飄進來，依舊露出職業微笑，「中午好，有預約嗎？」

王翠花說：「……沒有。」

「好的，請問要找哪位呢？」前檯拿出登記表格。

王翠花說：「張三。」

前檯靜止了半秒。

王翠花補充道：「他認識我的，知道我會來。」

「好的，我來聯絡一下張總的祕書。您怎麼稱呼？」前檯拿起手機。

「王翠花。」

前檯又靜止了半秒，似乎拿不準這是不是一個惡作劇，最終在王翠花誠懇的注視下，還是撥通了電話。

祕書很快小跑著來了，恭敬道：「王小姐，張總讓我帶您去休息室坐一下，他馬上來。」

往來員工都豎起了八卦的耳朵。

王翠花低頭跟著祕書往電梯間走，「他在開會？」

「不是不是。」祕書連忙否認，「他在車裡，還沒到公司呢。張總昨天有點私事，出了一天城，今天上午才飛回來……」

出城？

對了。上輩子，她曾在閒聊時，一遍遍地講述自己的過往，提到過不少關鍵資訊。

那些關鍵資訊裡……會不會包括自己穿進書裡的日期？

他會不會碰巧記住了？

王翠花放慢腳步，盡力維持著語聲的平靜，問：「能透露一下張總昨天去了哪嗎？」

祕書猶豫道：「這……」

「去了妳家門口。」身後有人答道。

萬般喧囂歸於寂靜。

猶如無聲的颶風捲過，身旁的祕書、往來的員工，全部消失了身形。高樓與街道漸次蒸發，腳下鋪展出無邊無際的純白。

空蕩蕩的宇宙裡，有個人朝她走來，無奈地笑了笑，「坐在門外等了一個通宵，抱的花都蔫了。」

數小時後，張總家裡。

「再來一次？」

「不行，休息一下……」

「好吧。」年輕健康血氣方剛的張總翻了個身，躺到王翠花旁邊，手中把玩著她的頭髮。

王翠花閉著眼睛拉住他的手，「我有好多問題想問的，讓我順一順……」

「巧了，我也有一些問題。」

「那你先。」

張三悶悶地笑了一聲，「妳昨晚怎麼沒回家？」

「回了的，不記得門鎖密碼了，就去了爸媽家。可能我走了你才到，就錯過了。」王翠花皺著眉戳戳他的手背，「你為什麼就傻等著呀，不打我電話？」

「想直接見面給妳個驚喜啊。我還計畫得特別好，碰面之後直接帶妳上飛機去度假，一展霸總風采。」

王翠花哭笑不得，「霸總，怎麼網路上都搜不到你的資料？」

「悶聲發大財，懂？我剛回到二〇一六年，心裡一琢磨，妳都把未來十年的大事透露給我了，等於給我開了個掛啊。可是很多企業決策吧，又不好跟人解釋，萬一被人看出我未卜先知，豈不是很麻煩？只能低調再低調了。網路上有點什麼資訊都被我刪了。」

「你就不怕我找不到你？」

「本來就沒打算讓妳來找……我說過的，只要還有一口氣，我一定會站到妳面前。」

王翠花側頭看向他，近乎貪婪地用視線描摹他的眼睛。

張三似乎感覺到什麼，笑意淡去了些許，「妳有多久沒見過我了？」

「我是壽終正寢的。」她語帶蒼涼。

「啊……」他點點頭，「那真的很久了。比我的十年還要長很多。」

她沒有說話。

張三的喉結滾動了一下。

忽然之間，他像是承受不住一般自行坦白了，「我想過的，想過提前跟妳在一起。高中，或者大學，我可以考去妳的學校，向妳搭訕，纏著妳跟我交往。我們可以做一對普通的小情侶，到二〇二六年，我們肯定已經結婚了。」

「我不知道天道選人的方式，也許妳的人生軌跡改變後，就不會被吸進那本書裡，也就不必遭那一回罪，變成像我一樣的異類。」

「我甚至去過妳的城市，遠遠地偷看過妳幾次。每次都只差一點點，我就忍不住對妳說話了。」

「但我回想了很久，我們從未談過這個話題，晚音。我沒有問過妳，如果有選擇的話，會不會捨棄那個世界，捨棄那些好友與親人，那些風波險阻、豐功偉業、萬丈豪情……」

他眼中映著暖色的燈光，溫柔而傷感地望著她。

「想來想去，不敢替妳做決定。因為妳的故事，我也只參與了一半。但又很怕選錯了，怕我出來之後，妳在那個世界過得不好，而我卻無從得知……」

「真的糾結了好多年。每一年都會重讀一次《穿書之惡魔寵妃》那本破書，跟個忠實讀者似的。結果，我眼睜睜地看著它過氣，在網路上石沉大海，一年又一年，再也沒人提起過。」

「我就開始疑惑，既然它過氣成那樣，妳怎麼會在二〇二六年看到廣告呢？當時我已經算個總裁了，就託人去找平臺的負責人打聽了一下這本書。結果對方誤會了，以為我要買版權，天花亂墜地誇了一通，還說什麼如果影視上了，平臺肯定配合宣傳，給到最好的廣告位。」

「那時候，也不知怎的，我冥冥之中突然就明白了。」

「原來讓妳進入那個世界的，還是我啊。」

時空顛來倒去，裹挾著人間一切迷離的緣法，匯入一道因果的洪流。

當她在書中獨自老去時，他正在書外孤獨地長大。

彷彿所有等待都只是為了這一瞬間，兩個蒼老的靈魂在年輕的身體中默然對視。

在他們頭頂上方八千公尺處，大風仍未停歇。

流雲散去，明月完滿。

王翠花抬手抹了抹眼角，笑了，「後來的故事，我慢慢講給你聽。」

「好。」

「從哪裡說起呢……」

「窗邊那株桃樹後來開花了嗎？」

「開了，第二年就開了，還結了果子呢。」

番外二、人物小傳

北舟

北舟有時會想，如果易府中第一個撞破自己偷梳女子髮髻的人不是易南，而是其他人，只怕自己當時就已經被逐出府去，能不能活著都是未知數。

但易南不是任何人。

年幼的大小姐望著瑟瑟發抖的小護衛，只呆怔了一瞬間，便咧出一個笑來，「阿北哥哥這樣也很好看。」

她正是愛玩愛鬧的年紀，像是得到了新的布娃娃，興致勃勃地拉著他坐到鏡前，偷來母親的胭脂水粉，朝他臉上抹去。

北舟低頭壓抑著起身逃跑的衝動。

那時即使是他本人，都解釋不清自己胸中萌發的隱晦而失控的心思。他只隱約察覺自己與他人不同，卻立即陷入了朝不保夕的惶恐中，以至連照鏡子時都要錯開眼去。

易南笑嘻嘻地抹完了，一語驚破迷障：「以後就不是阿北哥哥，而是阿北姐姐啦。」

啊，完了。

小孩子守不住祕密，這事今晚就會傳到老爺耳中，明天就是他的死期。

北舟戰戰兢兢地等了一天、兩天、三天……

直到數月之後，又一次被拉到鏡前充當職業布娃娃，他終於忍不住了，開口問道：

「小姐可曾將此事告知其他人？」

易南莫名其妙道：「當然不會啊。我娘發覺胭脂少了，只當我自己愛美呢！」

這個祕密又被牢牢地守了很久。大小姐一年年地長大，漸漸放棄了兒時的化妝遊戲。已通世事的北舟陷入了新的漫長等待。等她回過味來，發覺自己的護衛是個怪人，就會將他遠遠趕走。

他等了一年、兩年、三年……

他不再等了。

一個平常的午後，大小姐坐在窗邊讀著閒書，北舟沉默地守在她身後。許是讀到了什麼才子佳人的橋段，她忽然出聲感慨：「也不知我未來的夫婿會是何人。」

北舟想了想，道：「小姐定會覓得佳婿，白頭偕老，還要生一對伶俐可愛的兒女。」

易南回過頭對他笑了笑，眼底有淡淡的輕愁。

「不說我啦。阿北你呢？」

「我？」北舟立即搖頭，「我命中福淺，想來是遇不到有緣人了。以後，南兒的孩子就是我的孩子，我就做個侍衛，護你們一生一世。」

易南笑道：「我卻願你終有一日，找到自己的孩子呢。」

蕭添采

蕭添采作為百年難遇的醫術奇才，入太醫院不過三年，就已經默默超過了全體上司。餘下的大部分精力，都用來裝傻和躲懶——眾所周知，太醫是個高危職業，爬太高了容易掉腦袋。

平日裡若是師父安排了什麼三天的任務，他就用半天完工，餘下兩天半都是假期。蕭添采在太醫院附近有個偏好的躲懶處，草木繁茂，往綠蔭下一躺就能避開所有視線。

但某一日，他尚未走到那地方，就遠遠聽到了樂聲。

蕭添採用閒暇時光培養了不少風雅愛好，會撫琴，也能彈琵琶。但傳入耳中的樂聲聞所未聞，說不上好聽或難聽，只是古怪得很。

蕭添采忍不住悄悄走過去，躲在樹後一探究竟。這一探，就讓他見到了謝永兒。

謝永兒正在抱著自製吉他練〈愛的羅曼史〉，可能是因為譜沒記全，彈得磕磕絆絆，在同一個地方手滑了八次。

蕭添采聽得齜牙咧嘴，直到她終於離開才長吁一口氣，心中盼著她有點自知之明，或者至少有點求生欲，千萬別去皇帝面前獻藝。

結果第二天，她又來了。

謝永兒占著那地方練了整整一個月，蕭添采沒處可去，只好偷聽了一個月。

一個月後，謝永兒終於完整地彈出了一曲，當場跳起來一拳打在樹幹上，怒吼道：「厲不厲害！」

樹幹另一面的蕭添采：「……」

後來發生了很多事。

他們逐漸熟識，然而蕭添采眼睜睜地看著謝妃眼中那兩團永不熄滅的火焰，一日日地暗淡下去。

起初他不知道發生了什麼，也不明白自己為何在莫名地焦躁。畢竟再借他十個膽子，他也不敢覬覦那暴君的後宮。

直到有一日，謝永兒偷偷找來，求他為自己開一個打胎的方子。

蕭添采嚇了一跳，躊躇片刻後低聲問：「是因為太后嗎？」

謝永兒垂首不語。

蕭添采道：「……我可以為娘娘安胎，決不將此事告於他人。待月份大了，娘娘再去尋陛下庇護，那畢竟是他的親生骨肉……」

謝永兒幾不可見地搖了搖頭，只是含淚相求。

蕭添采不明內情，還在耐心向她解釋此事危險。

最後謝永兒將牙一咬，「這個孩子不是龍種。」

她的眼淚落了下來，不知是傷懷於自己的境遇，還是害怕失去他這根救命稻草。為求他信任，她將一切和盤托出，從與端王初見，一直說到兩情相悅、珠胎暗結。

蕭添采默默地聽著，忽然生出一絲恍然。

若她心裡不曾有別人，他或許永遠不會意識到自己的妄念。可她分明膽大妄為，肆意地、絕望地愛著某人——只是不是他。

原來這種感覺，就是妒心啊。

後來又發生了很多事。

蕭添采再次見到謝永兒，已是東窗事發之後了。

她失去了孩子，被皇帝軟禁，被端王放棄，一切驕傲都被碾入了泥裡。

可她的神情卻前所未有地放鬆，彷彿卸去了什麼沉重的枷鎖，又如大病初愈，有一種虛弱的平靜。

她求他救治皇帝，又向他直言，哪有那麼多人間真情，她如今的目標，只剩苟且偷生，然後想辦法逃出去，遠走高飛。

有一瞬間，蕭添采很想問她：「那我呢？」

我就在妳面前，妳曾注意過嗎？

他總覺得她對自己的心意一清二楚，可她似乎被端王傷透了心，再也不願提一字風月。這多少有些不公。

但他終究沒有開口。因為他想起來，謝永兒在這深宮裡，已經很久很久沒有彈琴了。

謝永兒離宮之前，兩人見了最後一面。

那一天陽光很好，謝永兒的心情也很好。她似乎已經對一切釋然，像老朋友一樣與他分享自己的宏偉計畫：建立起一個商業帝國，還要拉皇后入股。將來舉國四通八達的大街上，全都會是她的產業。

蕭添采聽得似懂非懂，只是留意到她的眼中，又重新燃起了火光。

就像很久以前樹下練琴的她，永遠越挫越勇，永遠鬥志昂揚。

蕭添采慢慢地笑了起來，「到時候，別忘了偶爾休息一下，彈彈妳那把怪琴。」

謝永兒道：「哈哈哈，好啊。」

謝永兒：「……」

謝永兒道：「你在哪裡聽到的？」

蕭添采原以為她的宏偉夢想中並無自己的容身之地，直到很久之後，他收到了庾晚音轉交的信。

——待諸事落定，若聞君至，當重理舊弦，再續佳音。

蕭添采的臉「騰」地紅了。他怕被面前的庾晚音看出心事，匆匆收好信箋，連忙告退了。

他的心中盈滿了喜悅，連步履都輕快起來。

他要好好琢磨一篇回信。

啞女

啞女當然不叫啞女。但記得她本名的人，都已經死了。

羌國的小吏敲開陋室的門，瞧見面黃肌瘦的啞女，皺了皺眉，「妳家還有別人嗎？」

啞女道：「都走了，沒說何時回。」

小吏無奈，將一個布袋丟給她，「收著吧。」

啞女打開一看，寥寥幾串銅板。

她問：「為什麼給我錢？」

「這是妳父母留給妳的。」

啞女想了想，問：「他們死了嗎？」

「他們成了勇士，這是獎勵。」

啞女自然知道「勇士」的意思。她攥緊了那袋銅板，「他們死了，就為了換這個？」

小吏不耐煩道：「當勇士是多少人求不到的榮耀，別不知感恩了。」

他走之後，啞女將那布袋倒轉過來抖了抖，又抖出一張破破爛爛的契書，上面寫著她父母的名字。

自願為祖先的榮耀，化作女王的利劍。此去夏國，生死勿論，賞金若干，留給家人。

要入冬了，鄰居家的阿婆聽說這家的小孩成了孤兒，送了件舊棉襖過來。

啞女手足無措。羌國戰火紛飛，人人朝不保夕，每一點多餘的善意都是奢侈。

阿婆摸了摸她的頭，「妳叫什麼名字？家中可還有人接濟？」

啞女沉默許久，不答反問：「阿爹、阿娘去當勇士，是自願的嗎？」

阿婆望著幼小乾瘦的她，眼中閃過遲疑與不忍，最後堅定道：「是啊。成為勇士是偉大的事，大家都會永遠記住他們的。」

啞女攥緊了那紙契約。

過了半月，阿婆再去敲門時，陋室已經人去樓空。

數年之後，庚晚音身邊多了一個不會說話的侍女。

庚晚音每次瞧見她，總覺得瘦小得像是沒來得及發育，再不補充營養，就要錯過躥身高的機會了。於是每天安排一杯牛奶，有事沒事便塞些糕點零嘴給她。

啞女也不推拒，總是笑咪咪地收了。

再後來，啞女死後，暗衛澈查了她的一切用物，在床底下找到了一處暗格。裡面藏了一紙契約、一件破舊的棉襖，還有幾塊拿帕子包著的、已經發黴的糕點。

那都是她一生中最寶貝的東西。

岑堇天

岑堇天是整個朝堂中第一個看出爾嵐是女子的人。

原因無他，爾嵐對他瞞得不是很走心。

起初岑堇天並不知道這意味著什麼。其實所有人有什麼憋在心底的祕密想一吐為快時，都會優先找他。畢竟，他很快就會帶進棺材。

他知道楊鐸捷在很長時間裡一直不服皇帝，擔心沒遇到明主。

他也知道李雲錫對爾嵐的感情幾番變化，漸漸複雜。

所以讓他多守住一個爾嵐的祕密，也不是什麼大不了的事。

可是後來，在他病情漸重後，爾嵐一直忙前忙後，衣不解帶地照顧他——這就脫離普通友人的範疇了。

更何況，爾嵐整顆心都掛在他身上。他有一點點起色，她一整天的心情都是好的。他的病情反覆，陷入昏睡時，她便靠坐在床邊，長久地偷望著他。

久而久之，他也就明白了。

岑堇天心裡清楚，自己不能回應。

他年幼時就被提前判了死刑，知道自己年壽難永，所以將一切精力都放在了研究上。除此之外，他連皇帝是誰都不在乎。

少年離家後，他與父母兄弟的聯絡都不甚緊密，怕自己離去後徒留傷心。

不祥之人，是不配結緣的。

可是那一天，爾嵐許是剛忙完公務就過來找他，穿了一身青色的窄袖騎裝，整個人被襯得腰細腿長，意氣風發，像一株初發之柳。

岑堇天完美地克制住了，垂下眼睛沒多朝她望一眼。

直到她背過身時，才放縱了自己的目光。

岑堇天一直以為自己瞞得極好。

他們之間始終是君子之交，其淡如水，沒有過界的接觸，連一句曖昧的話語都未曾講過。

這條緣線從未牽起，到她年老之時回憶起來，最多也只剩一點淺淡的惆悵吧。這樣便好了。

然而，到他臨終那日，爾嵐穿了一身青衣來送他。

岑堇天已經神志昏沉了，卻還是本能地心慌了一瞬間。

她是故意的，故意穿上他最心動的顏色。是挑明，是報復，還是追問？

同僚友人環繞在榻前，岑堇天獨獨與爾嵐四目相對。彼此目光清明，卻都一語未發。

能說什麼呢？問她何時知道的？彼此都是聰明絕頂之人，他既早已察覺，又憑什麼指望爾嵐被蒙在鼓裡呢？

事已至此，該道歉嗎？該寬慰嗎？該表明心跡嗎？寥寥數語，又如何填平這生死之間的漫漫鴻溝？

他的氣息漸弱，視野也被黑暗侵蝕，卻遲遲不知留下哪句遺言。

模糊的視線中，爾嵐背對著眾人，對他做了個口型：來世？

她的眼中沒有淚水，只是盛滿了期待。

岑堇天笑了起來，艱難地點了點頭。

他的一生沒有遺憾了。

李雲錫

李雲錫從來不喜歡皇帝。

他幼時家貧，趕上歉年，一對剛出生的弟妹被父母活活餓死。那時他的面前有兩條路：讀書或者揭竿而起。

李雲錫選擇讀書。因為村裡的秀才說他是天才，以後十里八鄉都要靠他回來報恩的。

他白日下地，晚上挑燈。別人十五歲考功名，他二十五歲才考，結果十年不中。到三十五歲，他覺得讀書救不了大夏人。

那時候，皇帝對他來說是一個遙遠的影子，一個仇恨的意象，一個面無表情的稻草人。

他想一頭將天撞出個窟窿，然而年年金榜張貼出來，從榜首到榜尾全是關係戶。說科舉是登天梯，豈料那梯子一抬再抬，寒門子弟又哪裡夠得著天？

後來他見到了皇帝。

事情發生得很突然。他記得自己正在船上攛掇幾個同期的考生揭竿，對面那人突然道：「敝姓夏侯。」

他還以為端王暗中來資助他們了。結果對面那人又道：「單名一個澹。」

當時李雲錫真恨不得匹夫之怒血濺五步，跟他一了百了。

但李雲錫沒那麼做。因為李雲錫還記得村裡早已入土的老秀才，還有老秀才念叨的十里八鄉。

皇帝那天說了很多話，痛陳了很多苦衷，展露了很多抱負，還說了把他們塞進朝中蟄伏的計畫。李雲錫一句都不信。

倒是皇帝旁邊的妖妃說了一句，他聽進去了。那句話是：「就當為家鄉父老計議吧。」

李雲錫入了朝，還是不喜歡皇帝。

他在戶部稽核版籍，發現各地歷年遞交的冊子亂七八糟地堆在一起，落了尺厚的灰。這些年來，所謂的一戶一田早成了笑話，農戶的土地被鄉紳私吞，從父母官開始層層抽油水，朝中無一人敢管。

他不眠不休地多方查證，誓要理出各州各縣的新冊籍，死磕到底。誰來阻攔，誰就有問題，他要拔出蘿蔔帶起泥，非得讓整個朝堂抖三抖。

結果第一個阻攔他的就是皇帝。

皇帝道：「冊籍你整完直接交給朕，眼下還不是時候，朕先幫你留著。」

李雲錫在信他和不信他之間反復橫跳了整整一年。直到他真的弄死了太后，扳倒了端王，整肅了朝綱，開始了新政。而李雲錫的冊籍，也終於得見天日。

那天下朝後，李雲錫灌醉自己，給老秀才上了炷香。

李雲錫記得鄉親的恩情、同僚的情義，甚至能念皇后的好，但就是不喜歡皇帝。

皇帝那麼年輕，那麼青澀。但凡他早些支稜起來，百姓也不用受這麼多年苦。

更何況如今他雖然大權在握，卻還是保不齊會出錯。李雲錫對他橫挑鼻子豎挑眼，恨不得天天死諫。

夏侯澹偶爾也會煩到發火，把奏摺丟他臉上。

李雲錫來勁了。

李雲錫：「殺我，就現在。給個名垂青史的機會！」

夏侯澹更煩了。

但好在夏侯澹很快找到了報復他的方式，就是餵他吃狗糧。

李雲錫死諫的時候很喜歡說一句話：「此舉與昏君何異！」

夏侯澹一聽，往後一躺：「朕就是昏君啊，你才知道啊？還有事嗎，沒事快滾，皇后等著朕回去幫她塗指甲。」

李雲錫怒目圓瞪，深吸一口氣，擺開八字步，鐵口一張。

夏侯澹搶道：「成何體統！」

李雲錫：？

李雲錫今天也不喜歡皇帝。

爾嵐和楊鐸捷有時候也會勸他：「陛下顯然不是昏君，你也不必如此執著於死諫，偶爾歌功頌德一下也不丟臉。」

李雲錫：「我不喜歡皇帝，這世上就是要有人負責不喜歡皇帝的，你們不知道嗎？」

後來，龍椅上換人了。李雲錫還是不喜歡皇帝。

女子稱帝，成何體統。何況這女帝想一齣是一齣，搞了很多大刀闊斧而又莫名其妙的改革。

李雲錫回想起來夏侯澹當皇帝那些年裡，原來是算保守的。他那麼扎實搞基礎建設，原來是為了替庚帝今日的胡來鋪路。

李雲錫又反覆死諫了幾十年，到大夏的道路四通八達車水馬龍，市場經濟初具雛形，全民教育落實到十里八鄉人人識字。

庚帝傳位走人的那一天，李雲錫也終於死諫不動了，決定告老還鄉。

離開都城的那一天，庾晚音找他喝了杯酒，問他：「你摸著良心說說，這天下如何？」

李雲錫：「四海升平，萬家燈火。」

庾晚音：「那皇帝如何？」

李雲錫：「鞠躬盡瘁，勵精圖治。」

庾晚音：「你原來會說人話啊？」

李雲錫斗膽抬頭，望著庾帝染上年歲痕跡的臉，道：「堯舜之治，亦不可無直臣，朝上必須有這樣一人。所以我不能敬慕皇帝。」

他說著，用蒼老的手舉杯一飲而盡：「但我視陛下與先帝為摯友。」

番外三、小段子

（一）

夏侯澹第一次生出做戒指的念頭，是在看到林玄英寄來的雲雀髮簪之後。

雖然庾晚音當時沒往頭上簪，但她那欣賞的眼神，還是讓夏侯澹生出了嚴重的危機意識。

他決定打造一枚求婚戒指。

他的設計理念很清晰：林玄英當妳是雲雀，我就當妳是鳳凰。扶搖直上，翱翔九天，非梧桐（指我）不棲。

想法是好的。

但當他把那張「鳳棲梧」的草圖遞給工匠的時候，工匠陷入沉默。

夏侯澹問：「怎麼？」

工匠戰戰兢兢抹了把汗，道：「陛下這張公雞上樹……真是神來之筆啊。」

（二）

爾嵐決定離開都城一段時日，一是去各地考察一下女子學堂的落點，二是遠離朝堂散散心。

出發前夕，幾個好友為她設宴餞行。

李雲錫全程悶悶不樂，很快灌醉了自己，一頭栽倒在桌上睡死過去。

楊鐸捷也喝多了，突然拍著桌子道：「爾兄，人活一世，但求無愧於天地，何須畏懼人言！」

爾嵐有些感動地看著他。

楊鐸捷道：「我知道朝中那些流言，嗝，都是訛傳！我兄弟是男是女，嗝，我還會不知道嗎！」

爾嵐：？

（三）

林玄英回到南境後，夜夜拉著無名客借酒消愁。

林玄英道：「再過十天半月，都城就該傳來陛下駕崩的消息了吧。」

無名客：「……」

林玄英道：「師父啊，當初你遣我去輔助他，我還不樂意。可這麼多年過去，我早已當他是生死之交……如今卻要一天天地等他的死訊，我這心裡真是難受啊。」

無名客欲言又止。

林玄英又是幾杯酒下肚，「皇后以後孤身在那龍潭虎穴，該怎麼辦？師父你能不能算一卦，我能帶走她嗎？」

無名客試著張了張嘴：「也未必就——」

天上一道雷聲。

無名客又閉上了嘴。

林玄英醉眼矇矓道：「可惜她不肯走，她不肯走啊。」

數月之後，死訊依舊沒有傳來。

傳來的是夏侯澹的一封密信。

林玄英讀罷，表情瞬息萬變，半晌後去找無名客鬧脾氣，「師父為何不早說！看著我醉酒很有意思嗎！」

無名客：「……」

無名客高深莫測道：「很有意思。」

（四）

夏侯澹和林玄英初識的時候。

林玄英道：「你們那個世界的人的娛樂方式是什麼？」

夏侯澹努力回憶，「翻牆去網咖，吃雞打遊戲。」

林玄英問：「打遊戲是什麼？」

夏侯澹道：「一般是你殺我，我殺你。」

林玄英：？

夏侯澹道：「但不是真殺。殺的是個——你就當是傀儡吧。可以反反覆覆地死哦。」

林玄英從那天起，就對當朝皇帝心存敬畏。

番外四、龍椅 Play

惡魔寵妃原作裡，有一段狗血的龍椅play情節，而且是端王和庾妃的。大意就是庾妃備受暴君寵愛卻一心戀慕端王，為了慫恿他弒君，灌醉他之後在龍椅上辦了事。

當然啦，原作裡的端王醒來之後拔X無情，還扇了她一巴掌。庾晚音本來也忘了。後來做夢突然夢到了這段情節，醒來的時候滿面怒容，一戳就跳。夏侯澹：？

這時已經是帝后共治，意即是說早朝的時候，龍椅上並坐兩個人。庾晚音這天早上，總覺得如坐針氈。一想到屁股底下的這張椅子，曾經（？）發生過什麼事，就倍感膈應。偏偏夏侯澹還喜歡搞點小動作，彷彿上學的時候非要傳張紙條什麼的，仗著臣子不敢抬頭，時不時在衣袖底下拉拉小手、捏個小腰。

「啪」，一聲脆響在大殿裡傳出老遠。臣子：「……」

誰也不敢抬頭。

除了李雲錫。他一抬頭，就看到夏侯澹一隻手捂著另一隻手背，一臉受傷地看著庾晚音。

李雲錫：！

夏侯澹起初還沒意識到事情的嚴重性，只當庾晚音這個起床氣延續得特別長，可能每個月總有幾天。結果到了下午，庾晚音嚴肅地找他開會，議題是：兩個人坐一把椅子有點擠，得再弄一把。夏侯澹：！

夏侯澹顫抖的手端起一杯茶喝了。夏侯澹：「我……我到底做了什麼錯事，妳提醒我一下。我想了半天沒想起來。」庚晚音眼神飄忽：「你沒錯啊，真的沒錯。」夏侯澹沉默了半天，喃喃道：「妳怎麼連個挽回的機會都不給……」庚晚音：「啊？打住，不要往這方面想！」夏侯澹：「今天割席，明天分床，下個月不得分居了。我算了算，還沒到七年呢。」

庚晚音：「……」

夏侯澹：「是因為阿白上個月來過？我殺了他還來得及嗎？」庚晚音：「不是……」

夏侯澹：「不行，妳會恨我。」

庚晚音：「你聽我說……」夏侯澹：「我不活啦，哈哈。」

他擺了擺手，踉蹌著走了。

庚晚音被他唬得坐立難安，到晚膳時也等不來人，一問宮女，說陛下關著門在喝悶酒。庚晚音想了想，自己先悶了一瓶，然後提著醒酒湯去哄人。

此時夏侯澹關著門，已經讓暗衛把那龍椅的前世今生，包括落成的年份、雕刻的工匠，都調查了一遍。

實在沒聽出什麼端倪，他揉著眉心低頭不語。

某個新上崗的暗衛耿直道：「陛下，或許這不是龍椅的事情呢？」

同僚恨不得撲過去捂住他的嘴。

夏侯澹卻冷冷道：「講。」

那耿直暗衛打了個寒戰，硬著頭皮往下說：「或許，就是，皇后……有了別的心思。」

夏侯澹心平氣和地想了想：「最近宮裡出現過什麼俊俏男子嗎？」說著對他打量了兩眼，突然道：「小夥子，長得不差啊。」

暗衛後悔了。

他上任以來從未感受過那傳說中暴君的恐怖，這時卻突然明白，一切都不是謠傳。

暗衛快要嚇尿了，哐哐磕頭：「陛下明鑑！屬下生是陛下的人，死是陛下的鬼，這條命死不足惜！」他含淚道：「只是屬下憂心，皇后如今積威深重，她心中要的恐怕已經不是某個男子，而是皇……皇……」

夏侯澹的眉毛越挑越高。

夏侯澹：「你以為我想當皇帝啊？」

暗衛：「啊？」

夏侯澹不耐煩地揮揮手：「滾吧，你懂個屁。」

暗衛逃也似地往外退，退到門外，卻剛好遇到皇后過來。

庚晚音面色酡紅，隨手提著一個瓦罐，湯已經灑了一路，身後的宮女甚至跟不上她的步伐。

暗衛看她狀態不對，正在猶豫要不要攔一下，就見她上前哐哐敲門：「澹總——喝湯了澹總——」

屋內的夏侯澹正在倉皇抓亂頭髮試圖裝醉。

庚晚音等了半天沒人開門，火起來了：「多大點事至於嗎！今天你必須把這湯喝了，別給臺階不下！」

暗衛心道：完了，圖窮匕見了。

他義無反顧地衝上去擋在門前：「娘娘，陛下身體不適，已經睡下了。」

庚晚音打了個酒嗝，眯眼看著他：「小夥子新上崗的？幾號啊？長得不錯啊。」

暗衛僵在原地。

他身後的門「唰」地打開了，一股寒意直衝他後腦勺。

皇帝本人站在他身後，做了幾下深呼吸，才道：「退下吧，明天換個崗。」

暗衛腳下遲疑了一下，就聽他壓抑道：「我今年不殺生，給你三秒時間逃命。」

暗衛呲溜一聲沒影了。

庚晚音迷迷糊糊，沒搞清發生了什麼，只知道夏侯澹出現了，就把湯往他面前塞：

「給你，我親手熬的瓦罐湯。」

夏侯澹接過來一看，灑得只剩一個底。

庾晚音：「你喝，嗝，喝呀。醒醒酒我們好談事。」

夏侯澹見她搖搖晃晃，伸手把她往屋裡扶，按著她在床邊坐下，面無表情地輕聲問：「這湯是只我有，還是別的人也有？」

庾晚音反應了五秒才明白他問的是什麼，氣道：「煮了一大鍋，分了八十個帥哥，最後剩個鍋底不想浪費，賞你啦！」

夏侯澹頓了頓，捂住心臟，面無表情道：「我有點不舒服。」

庾晚音：？

夏侯澹：「咳，咳。」

庾晚音反射性地幫他拍了拍背，嘆息道：「醉了就是傻哈，反話都聽不懂。騙你的，懂了吧？就你有。」

夏侯澹順勢坐到她身邊，小聲問：「真的沒別人？」

庾晚音：「沒有沒有，誰能比得過你？」

夏侯澹垂下眼睛：「那……妳想當皇帝嗎？」

庾晚音：？

夏侯澹嘀咕：「我是怕妳直接上位會坐不穩，想著趁我活著，幫妳爭取個過渡期……」

庾晚音：「蛤？說什麼？」話題轉彎太急，她沒跟上。
夏侯澹：「沒什麼。那我能當正宮娘娘嗎？」
庾晚音：「什麼玩意？」
夏侯澹：「還能跟妳坐一起嗎？我占地面積也不大，還可以再縮小點……也不摸妳的手了，袖子能讓我摸一摸嗎？」
庾晚音被他唬得五迷三道，心疼不已，母性大發，一把抱住他，在腦門上響亮地「啵」了一下：「不換了，不換了還不行嗎？」
夏侯澹幽幽嘆了口氣：「可是妳還是沒有告訴我，今天這一齣是為什麼。」
庾晚音迷糊之中，心頭隱約有警鐘大作，支支吾吾道：「沒什麼呀，我犯傻。」
夏侯澹停頓了一下，垂下去的手指收緊又張開，似乎做了個抉擇。
他起身又拿來一瓶酒，哄她：「喝點水。」
庾晚音喝了一口，嗆了一下：「不喝了，味道好怪。」
夏侯澹攬住她，讓她靠在自己肩上，貼著她的耳垂溫存小意道：「陛下，臣妾餵妳喝。」
庾晚音不記得自己喝了多少，也不記得自己後來說了什麼，只記得有個狐狸精一直笑語盈盈。

酒意順著血液流淌，身上暖洋洋的，她不知不覺失去了意識。

再醒來的時候頭痛欲裂，也不在床上，還有點冷。

四下黑燈瞎火，她迷迷糊糊，眨了半天眼睛才看清環境。

她正歪坐在那把邪門的龍椅上，衣衫齊整，甚至穿著朝服。只是三更半夜，殿下空無一人。

她有點害怕，只覺得肯定有危險，忍住了喊人的衝動，正要逃生，一隻手從背後捂住她的眼睛。

庾晚音終於禁不住驚呼出聲，緊接著嘴也被捂住了。

有個人貼著她的耳朵道：「我想了想，這事還是得辦了，對大家都好。」

庾晚音瑟瑟發抖：「你……你搞什麼鬼……」

夏侯澹繞到她身前，單膝跪下，一隻手順著她的腳踝向上摸，摸進了朝服的衣擺之內。

黑暗中看不清他的表情，只能聽到似笑非笑的聲音：「比起我天明之後去掘了夏侯泊的墳，這種解決方式還是比較保守的，陛下，妳覺得呢？」

庾晚音被他那隻手摸得魂飛天外，腳趾都蜷了起來：「有人……有人會聽見……」

「不會。」夏侯澹湊過去，深深長長地吻她，「一直到天明都不會有人，而且，朝服也都穿好了，天明之後可以直接上班……」

順帶一提，宮中有暗衛編號十八，接受培訓時人稱班裡一枝花。沒想到上班三天就調崗了，從此後宮再也沒人看見他，只留下一個流星一般短暫的神顏傳說。

──《成何體統》番外完──

──《成何體統》全文完──

高寶書版集團
gobooks.com.tw

YE 042
成何體統（下卷）

作　　者　七英俊
責任編輯　吳培禎
封面設計　張新御
內頁排版　彭立瑋
企　　劃　何嘉雯

發 行 人　朱凱蕾
出　　版　英屬維京群島商高寶國際有限公司台灣分公司
　　　　　Global Group Holdings, Ltd.
地　　址　台北市內湖區洲子街 88 號 3 樓
網　　址　gobooks.com.tw
電　　話　(02) 27992788
電　　郵　readers @ gobooks.com.tw（讀者服務部）
傳　　真　出版部 (02) 27990909　行銷部 (02) 27993088
郵政劃撥　19394552
戶　　名　英屬維京群島商高寶國際有限公司台灣分公司
發　　行　英屬維京群島商高寶國際有限公司台灣分公司
初　　版　2023 年 6 月

成何體統 By 七英俊
由中南博集天卷文化傳媒有限公司授權出版 All rights reserved

國家圖書館出版品預行編目 (CIP) 資料

成何體統 / 七英俊著 . -- 初版 . -- 臺北市：英屬維京群島商高寶國際有限公司臺灣分公司 , 2023.06
　冊；　公分 . --

ISBN 978-986-506-755-7(上冊：平裝). --
ISBN 978-986-506-756-4(中冊：平裝). --
ISBN 978-986-506-757-1(下冊：平裝). --
ISBN 978-986-506-758-8(全套：平裝)

857.7　　112008689

凡本著作任何圖片、文字及其他內容，
未經本公司同意授權者，
均不得擅自重製、仿製或以其他方法加以侵害，
如一經查獲，必定追究到底，絕不寬貸。
版權所有　翻印必究